Segelsommer am Edersee

Die Autorin

Gunhild Thalheim, geb. Jahn, wurde 1944 in Jena geboren und verbrachte ihre Kindheit und Jugend in Hamburg. Nach dem Abitur im Jahre 1964 studierte sie Pädagogik und arbeitet danach als Grundschullehrerin. Seit Anfang der 90er Jahre lebt sie im Edertal. Seit Jahren schreibt sie Geschichten für Kinder und junggebliebene Erwachsene.
Ihr viertes publiziertes Buch erzählt die Geschichte von Tina, die auf dem Edersee segeln lernt.

Die Illustratorin

Kathrin Overath, geb. Sczech, ist 1967 in Dortmund geboren und in Brakel aufgewachsen. Nach dem Abitur im Jahre 1985 machte sie eine dreijährige Ausbildung als Malerin und Restauratorin in Bad Driburg, anschließend studierte sie Gestaltungstechnik, Kunstpädagogik, Kunstgeschichte und Malerei in Essen und Marburg. Von 1992 - 94 nahm sie Zeichenunterricht bei Randi Grundke. Heute lebt sie in Anzefahr bei Marburg.

Segelsommer am Edersee

von

Gunhild Thalheim

mit Bildern von
Kathrin Overath

Die Deutsche Bibliothek –CIP-Einheitsaufnahme

Segelsommer am Edersee / von Gunhild Thalheim.
-2., veränd. Aufl. –Edertal: Thalheim;
[Norderstedt]: Libri Books on Demand, 2001
ISBN 3-9807254-0-5

ISBN 3-9807254-0-5

2. veränderte Auflage 2001

Titelbild und Illustrationen: Kathrin Overath

Umschlaggestaltung: Jatho Design, Meinhard

Digitale Druckvorlage: Tom O. Allendörfer

Herstellung: Books on Demand GmbH

Printed in Germany

Herrn Oliver Syring,
Sportwart des Segel-Clubs Edersee e. V.,

danke ich
für die fachliche Beratung!

Was erwartet uns....?.

Für meine Mutter,

Frau Liselotte Jahn,

zum Dank
für die tatkräftige Unterstützung!

**Im 1. Kapitel werden vorgestellt:
Tim, das »Eichhörnchen«,
Terry, das »verdrehte Hundevieh«,
der Edersee,
ein Bootssteg
und eine »hohle Nuss«.**

Tim ist der beste Junge an unserer Schule! Er ist zwei Klassen über mir. Sein Gesicht ist voller Sommersprossen. Seine Haare sind ein bisschen rot, aber wirklich nur ein bisschen. Sandra nennt ihn deswegen »Eichhörnchen«. Sie hat nun mal etwas merkwürdige Ausdrücke für Leute, die sie nicht leiden kann. Tim kann sie nicht leiden, weil er der Sohn von Algie ist. Das ist unser Mathelehrer. Sein richtiger Name ist Schüler, aber man kann bei einem

Oberstudienrat wohl schlecht vom »Schüler« sprechen. Und deshalb heißt er an der ganzen Schule, auch bei den Lehrern, Algie - bestimmt, weil er eine Schwäche für Algebra hat. Die hat Sandra nun leider weniger ... und deswegen mag sie Tim nicht.

Das Beste an Tim ist, dass er segelt. Sandra versteht nicht, was ich daran finde. Wie sollte sie auch? Die meisten in meiner Klasse spielen Tennis, ein paar reiten, Anne hat sogar ein eigenes Pferd. Ein Jahr lang habe ich sie glühend darum beneidet. Aber man kann schließlich bloß **ein** echtes Hobby haben. Für mich gibt es nur noch Segeln. Natürlich nicht wegen Tim. Das heißt eigentlich doch! Es fing jedenfalls ganz verrückt an.

Ich habe keinen großen Bruder und keine kleine Schwester. Ich habe Terry. Terry ist - wie Paps sich ausdrückt - »ein ziemlich verdrehtes Hundevieh«. Das stimmt nur halb, denn Terry ist der gescheiteste Mischlingshund, der mir je begegnet ist. Und der hübscheste außerdem. Mit seinen klugen Augen und den aufrecht gespitzten Ohren ist er für mich der beste Kumpel. Ich würde ihn nicht gegen alle Geschwister der Welt eintauschen. Zwar versteht er jedes Wort, aber nicht einmal das allergeheimste Geheimnis würde er weitersagen. So was gibts bei Geschwistern bestimmt nicht. Das Einzige, was Terry nicht kann, ist gehorchen. Meine Mutter sagt oft: »Unser Terry gehorcht aufs Wort. Nur leider nie aufs erste!« - Sie hat recht. Der »Köter« (das sage ich, wenn ich auf Terry sauer bin) macht genau, was ihm der Hundeverstand eingibt. Trotzdem brauchen wir beim Spazierengehen meistens keine Leine. Terry flitzt aus der Gartenpforte - ich versuche, ihn einzuholen. Er rennt zum Wäldchen am Ende unserer Straße und wartet dort auf mich. Ich soll ihm Tannenzapfen werfen, und er darf kläffen, so aufgeregt und laut er will. Hier haben wir die letzten Häuser unseres Dorfes hinter uns und stören niemand.

Im letzten Frühling wollte Terry in die andere Richtung, raus in die Felder, über den Hügel und runter ans Wasser. Mir wars gleich - das Wäldchen wurde auch schon langweilig und etwas Lauftraining tat unserem Winterspeck ganz gut. Terry sauste los, ich schnaufte hinterher,

bis wir endlich den Parkplatz am See erreichten.
»Bleib ja bei Fuß, alter Junge!«, ermahnte ich meinen Hund, denn hier trifft man auch in der Woche viele motorisierte Ausflügler, die Vierbeiner in allen Größen mitbringen.
Zum Schwimmen waren wir schon oft am Edersee gewesen, allerdings selten am Wochenende, wenn die Feriengäste in Schwärmen einfielen. Ich durfte mich mit meinem Schlauchboot treiben lassen, wurde aber von Mama zurückgewinkt, wenn es zu weit vom Strand abzutreiben drohte. Trotzdem fühlte ich mich wie ein Kapitän auf hoher See und schaute mit großen Augen zu den Segelbooten hinüber, die oft dicht an meiner schaukelnden Nussschale vorüberzogen. Wenn ich Geburtstag hatte, durfte ich mir wünschen, mit einem der kleinen Elektroboote zu

fahren - darauf freute ich mich immer schon lange vorher. Und als im letzten Mai meine Cousine Deborah heiraten wollte, suchte sie sich das schwimmende Edersee-Standesamt dafür aus. Stolz saß ich im Heck der blumengeschmückten E-Motoryacht. Ein irres Gefühl, hier mitten auf dem Wasser – mit Blick auf Schloss Waldeck – die Ringe zu tauschen, fast wie im Film!

Das Ganze malte ich mir bei stürmischem Regenwetter aus. Ich nahm mir vor, auf alle Fälle an einem Super-Sommertag zu heiraten – und dann natürlich genau hier auf dieser Motor-Launch. Kam Besuch von außerhalb, schleppten wir ihn zuerst zur Sperrmauer und in den Aquapark mit seinen Wasserspielen oder zu den Spielstationen »Welt der Sinne« an der Uferpromenade in Waldeck; und danach machten wir meistens eine Dampferfahrt mit einem der beiden Ederseeschiffe »Stern von Waldeck« oder »Wappen vom Edertal«, die bei geeignetem Wasserstand bis ans andere Ende des Stausees fahren.

Irgendwann würde ich mir mein eigenes Kajak zulegen, um den ganzen See zu erforschen, vorbei an der Halbinsel Scheid, am Feriendörfchen Bringhausen, über den versunkenen Ort Berich hinweg bis nach Herzhausen. Sicher würde Sandra oder jemand anderes aus meiner Klasse für solche Tour zu begeistern sein. Ob so ein Paddelboot teuer war?

»Was hältst du von einem Surf-Kurs?«, hatte Paps im letzten Frühjahr vorgeschlagen, aber mir war die Sache zu wackelig.

Mein Vater interessierte sich mehr für die Segelboote. »Ja, früher«, schwärmte er und machte Fernwehaugen. Heute kam ein Boot für ihn nicht mehr in Frage. »Dazu bin ich viel zu alt!«, stöhnte er dramatisch. Mama und ich bedauerten ihn und versicherten, für sein Greisenalter sei er noch recht rüstig. Er könne sich ja mal bei einem der Segler einladen. »Anheuern heißt das, ihr Landratten!«, wurden wir verbessert. Damit war das Thema erledigt.

Ich hätte nie gedacht, dass ich mich jemals für die weißen Segel begeistern könnte. Aber davon wusste Terry nichts. Ob er sich wohl wunderte, als vor uns das Wasser auf-

tauchte und leuchtende Spielzeugdreiecke - für seine Hundenase unerreichbar - sich auf den kleinen Wellen bewegten. Ärgerlich sprang er am Ufer herum und kläffte. »Dummer Kerl!« Ich lachte ihn aus. »Hast doch schon Schiffe fahren sehen!«
Terry lief mir voraus bis zu dem Steg, wo die Boote der Segelschule vertäut lagen. Ich hockte mich auf die Planken und atmete tief ein. Es roch so anders. Es roch nach Wasser, Sonne, Holz, nassem Tauwerk. Es roch nach Segeln.
Ich konnte gar nicht genug von diesem Geruch einatmen. Ein paar Boote trieben verstreut im leichten Wind. Ich döste und beobachtete Terry. Er spielte mit den winzigen Uferwellen und versuchte, nach ihnen zu schnappen, ohne mehr als seine Schnauze nass zu machen. Vor Aufregung stieß er hohe, japsende Laute aus.
»So ein wasserscheues Vieh! Guck dir den an!«, tönte es von einem Boot herüber. Dummer Kerl! Terry war kein »Vieh«; wasserscheu stimmte ja. - Den dummen Kerl kannte ich. Das war der Sohn von Algie. Ausgerechnet hier! Schule passte ganz und gar nicht zu meiner Stimmung. Ich guckte woanders hin. Aber die Stimmung war weg. Ich musste an morgen denken: zwei Stunden Französischarbeit - und ich hatte noch keine Ahnung! Es wurde Zeit! Ein Pfiff - und Terry trennte sich bereitwillig von seinem Spiel. Übermütig jagte er mir voraus, machte kehrt und sprang auffordernd vor mir herum. Dazu kläffte er unentwegt und gab erst Ruhe, als ich mit ihm Kriegen spielte. Völlig außer Atem kamen wir zu Hause an.
»Bist ein Schatz!« Ich klopfte Terry zärtlich mit beiden Händen, als ich ihn vor der Gartentür zu fassen kriegte, und spürte seine feuchte Nase an meiner Wange. Nur ungern gingen wir ins Haus. Noch am Schreibtisch schnupperte ich den Geruch vom See auf meiner Haut.
Wir gingen nun oft an den Edersee. Mein Hund schlug gleich die Richtung ein, wenn ich ihn auf die Straße ließ. Ich fand den Steg jeden Tag verlockender. Und immer haftete der Geruch von Wasser und Wind noch lange auf meiner Haut. Ich roch nach Segeln.
Es war ein Frühling wie im Bilderbuch - schon fast so heiß

wie im Sommer. Allmählich kannte ich die Jungen in ihren Booten. Der Sohn von Algie war fast immer dabei. Ich beobachtete ihn und die anderen, wie sie mit ihren Jollen herumkreuzten. Warum fühlte sich mein Vater nur zu alt, um seinen Jugendtraum zu erfüllen. Es wäre so schön, wenn wir auch ein Segelboot hätten!
Als das Wasser wärmer wurde, schwamm ich an der Badeboje vorbei auf den See hinaus. Terry hopste wie aufgezogen am Ufer entlang und kläffte ängstlich hinter seinem Frauchen her. Draußen ließ ich mich treiben.
Erschrocken starrte ich auf das weiße Segel, das auf mich zukam. Jemand rief: »Hohle Nuss, musst du ausgerechnet hier schwimmen!« Schon zog das Boot vorbei.
Hohle Nuss! - Der See gehörte doch allen! Wütend kraulte ich zum Ufer. Eingebildete Affen allesamt! Nur weil sie ein Schiff unter der Sitzfläche hatten. Was dachten die sich eigentlich, wer sie waren?
Terrys stürmische Begrüßung stimmte mich friedlicher, aber sobald die Sonne mich trocken geleckt hatte und es auf meinem Rücken ungemütlich warm wurde, drehten wir den Affen unsere Kehrseiten zu. Pah, es gab noch andere Fleckchen zum Braunwerden! Streng befahl ich Terry, morgen auf keinen Fall noch mal hierher zu laufen. »Wir gehen lieber in unser Wäldchen, was, alter Junge?«
Er wackelte mit dem Schwanz, das hieß: »Alles klar!«

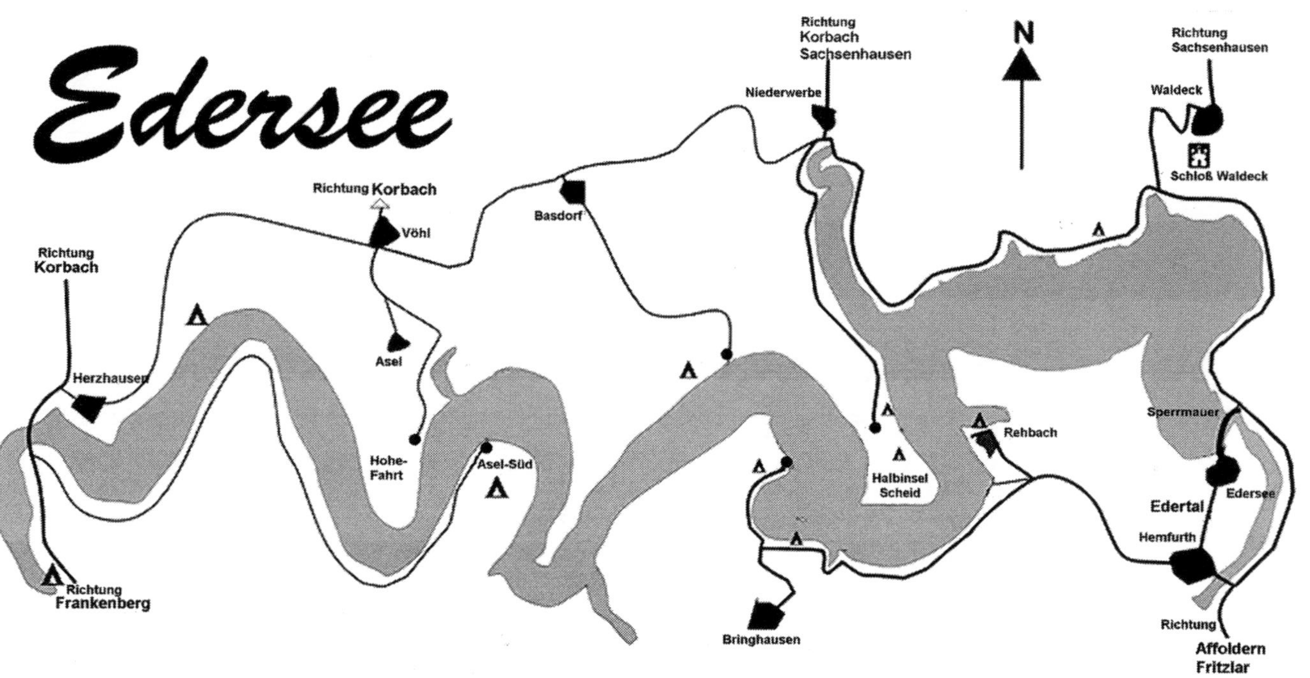
Edersee
Richtung Korbach
Herzhausen
Richtung Frankenberg
Richtung Korbach
Vöhl
Asel
Hohe-Fahrt
Asel-Süd
Basdorf
Niederwerbe
Richtung Korbach Sachsenhausen
Bringhausen
Halbinsel Scheid
Rehbach
N
Richtung Sachsenhausen
Waldeck
Schloß Waldeck
Sperrmauer
Edersee
Edertal
Hemfurth
Richtung Affoldern Fritzlar

**Im 2. Kapitel wundern sich:
eine »English Miss« über eine
merkwürdige Übersetzung,
Mutter und Vater Engel über einen
ausgefallenen Wunsch
und zwei Jungen über zwei
ungewohnte Zuschauer.**

Am nächsten Morgen musste ich in der großen Pause ins Lehrerzimmer. In der einen Hand trug ich vorsichtig einen Becher mit Klassenkassengeld, in der anderen eine Liste. Hoffentlich stimmte meine Abrechnung. Es waren diesmal über fünfzig Mark, und ich war heilfroh, wenn kein Groschen fehlte. Blödes Amt hatte ich mir da andrehen lassen. Nach den Ferien konnte sich jemand anderes damit rumschlagen; ich würde es mir bestimmt nicht noch einmal aufschwatzen lassen.
Plötzlich wurde ich von hinten geschubst. Meine kostbare Ladung schepperte im Becher. »Mensch, pass auf, wo du hinrennst!«, schimpfte ich und drehte mich um.
Zwei blaue Augen in einem Sommersprossenbeet sahen mich entschuldigend an. »Wollte ich ja nicht. Die hinter mir haben so gedrängelt!« Dann kam ein zweiter Blick, diesmal prüfend. Ein verlegenes Grinsen zog über das Gesicht des Jungen. »Sag mal, hättest du nicht woanders schwimmen können? Um ein Haar hätten wir dich übergemangelt!«
Ich muss ziemlich dumm geschaut haben. Das Grinsen verschwand, und die blauen Augen wurden fragend. Er hatte mich gestern erkannt, oder besser: Er hatte mich heute wiedererkannt. Und er, der mich für eine hohle Nuss hielt, war der Sohn von Algie. Ich hatte vom Wasser aus nicht gesehen, wer im Boot saß. Ausgerechnet das Eichhörnchen! Ich versuchte krampfhaft, nicht zu grinsen. Dann hörte ich mich sagen: »Na, und ihr, hättet ihr nicht

woanders segeln können? So winzig ist euer Teich nun auch nicht!« Wir mussten beide lachen. »Also, nächstes Mal pass gefälligst besser auf!« Mit einer kurzen Handbewegung drehte sich das Eichhörnchen um und war mit ein paar Sätzen die Treppe zum Schulhof runter. »Selber!«, rief ich ihm nach.

In der nächsten Stunde hatten wir Englisch. Die Schmidt, unsere »English Miss«, fragte Vokabeln ab. Was hieß Eichhörnchen auf Englisch? Ja, richtig: squirrel. Ich kicherte. Squirrel passte herrlich zum Eichhörnchen. Dass er mich wiedererkannt hatte! Ein bisschen blöd war ich mir doch vorgekommen, aber er sich bestimmt auch. Na, wenn schon! Eine nette Art hatte er, das musste man ihm lassen. Und sein Sommersprossengesicht passte zu ihm, obwohl ich bei mir jede Andeutung dieser braunen Tupfen mit Gesichtswasser bekämpfte. Wie Squirrel wohl richtig hieß? Vielleicht Marcel oder Sven oder ...

»Christina!«

Ich fuhr zusammen. Das war die Schmidt, und sie wollte eine Antwort von mir haben und zwar sofort. Ich spürte, wie mir das Blut am Kragen hochkroch.

»Äh ... «, begann ich und wusste, dass ich nichts wusste. Mieses Gefühl! Und keiner, der vorsagte. »Squirrel«, platzte ich heraus und wusste zum zweiten Mal an diesem Tag nicht, woher meine Stimme kam. Um die Mundwinkel von Frau Schmidt zuckte es. Die Klasse grölte. Ich glich einer Tomate kurz vor der Ernte.

»Du hast mich anscheinend nicht richtig verstanden.« Unsere Seele von English Miss wiederholte betont deutlich die Frage: »Ich bat dich um die Übersetzung des kleinen Eigenschaftswortes *'merkwürdig'*, das merkwürdigerweise mit einem Eichhörnchen nicht viel zu tun hat.«

Ich fühlte Leerlauf im Gehirn. »Denk an *seltsam*, das passt auch!«, half die Schmidt. Und seltsam, ihr aufmunternder Blick wirkte. »Strange oder curious«, sagte ich. - »Well!«, war der Kommentar, bevor wir die Bücher aufschlugen. Das war ein dicker Hund - eigentlich ein dickes Eichhörnchen! Zum Glück war die Schmidt so rücksichtsvoll, mich in dieser Stunde nicht mehr ohne Vorwarnung dranzunehmen. Lehrer sind manchmal auch Menschen!

Sie sah mir hoffentlich nicht an, dass ich in Gedanken mehr draußen am See als drinnen im Buch war.
Ob die Jolle ihm gehört? Wenn er mich nun mal mitnehmen würde? - Ach Blödsinn, wir wollten ja gar nicht mehr an den Steg gehen, und was sollte er für ein Interesse daran haben, mich hohle Nuss mitsegeln zu lassen. Ich hatte doch nicht die leiseste Ahnung. Also: Schluss jetzt mit der Spinnerei!
Drei Tage hielt ich es durch, mit Terry durch den Wald zu laufen. Dann siegte die Sehnsucht nach dem vertrauten Wassergeruch. In respektvoller Entfernung vom Ufer hockte ich mich ins Gras und blinzelte hinaus auf den See. Er war glatt wie ein frisch gespanntes Bettlaken, und von einer Jolle keine Spur. Zwei Stunden döste ich mit Terry um die Wette, bis mir der Kopf brummte. »Feierabend!«, scheuchte ich das leise schnarchende Wollknäuel hoch. »Wir kriegen noch einen Dachschaden bei der Hitze!« Träge zottelten wir durch die Felder heimwärts.
Am nächsten Tag wars dasselbe: Ruhe, Hitze, Einöde, Brummschädel. Ich schwor mir, erst wieder bei Wind an den See zu gehen, und tatsächlich, zwei Tage später war die Welt aus dem Tiefschlaf erwacht. Die Wasserfläche geriet in Bewegung, die Boote begannen zu tanzen, und am Steg gabs Leben. Eichhörnchens Jolle war eine der ersten, die Wind in den Segeln hatte. Er segelte diesmal allein. - Ob es schwer war, so ein Boot zu steuern? Von meinem Uferplätzchen sah es einfach aus. Ich wäre gern zum Steg gegangen, so ganz unauffällig zum Zugucken. Vielleicht sah er mich dort rumstehen und hatte gerade heute keine Lust, allein herumzuschippern. - Wieder diese alberne Vorstellung! Wie soll der Junge denn ahnen, dass ausgerechnet du bei ihm anheuern willst? Also blieb ich sitzen und starrte sehnsüchtig aufs Wasser, bis mein Rücken schmerzte.
»Komm, Terry, das ist nichts für uns!« Terry sprang aufmunternd an meinem Bein hoch und leckte mir die Hand. »Ist schon gut, bist ein kluges Bürschchen!«, lobte ich ihn. Mein Mischling war der beste Seelentröster.
Beim Abendbrot fragte ich nebenbei, wie das denn wäre

mit der Finanzierung einer Sportart. Ich müsste allmählich etwas Gescheites anfangen, ich würde sonst einrosten und so weiter. Meine Eltern sahen mich erstaunt an. »Ja, Tina, natürlich sollst du Sport treiben!«, erklärte Paps vorwurfsvoll. »Wer wollte dir denn zum Geburtstag einen Tennisschläger schenken? - Wenn ich mich dunkel erinnere, hast du dankend abgelehnt.«
»Naja«, lenkte ich ein, »es muss ja nicht gerade Tennis sein!«
»Sondern?«, erkundigte sich Mama, die es anscheinend gern gesehen hätte, wenn ich hinter dem kleinen Ball hergerannt wäre. »Och ... «, sagte ich, » ... eigentlich hätte ich Spaß am Segeln!«
»Das ist mir ja ganz neu!«, staunte Paps. »Seit wann interessierst du dich denn fürs Segeln? - Weißt du überhaupt, was Segeln heißt? Bist du schon mal auf dem Wasser gewesen? Stell dir das nicht so einfach vor, Christina! Richtig segeln kann man nämlich erst bei steifem Wind, und dann braucht man ziemlich viel Kraft und Geschicklichkeit, auch hier auf unserem Edersee. Ob du Landratte dann noch Spaß an der Sache hast, möchte ich bezweifeln!«
Ich schluckte. Vielleicht hatte Paps Recht; er war schließlich mal Segler gewesen. Aber so schnell gab ich mich nicht geschlagen. »Ich könnte es ja ausprobieren. Dann sehe ich, ob ichs gut finde!«, schlug ich vor. »Tu, was du nicht lassen kannst, du Dickkopf!«, schmunzelte Paps. »Ich frage mich nur, wie du an ein Boot kommen willst. Oder kennst du jemand, der dich mitnehmen würde?«
»Nein, das nicht!«, gab ich kleinlaut zu. »Na, Mädchen, dann lass dir deine Schnapsidee lieber noch mal durch den Kopf gehen. Deine arme Mutter hat wahrscheinlich jetzt schon Alpträume!« - »Was du wieder hast!«, verteidigte sich meine Mutter, aber ich merkte, dass Paps nicht Unrecht hatte.»Natürlich wäre mir Tennis lieber, doch du sollst nichts anfangen, wozu du keine Lust hast.« Damit war das Thema vorläufig beendet. Jedenfalls hatten sie beide nicht nein gesagt, und das war wichtig. Vorm Einschlafen lag ich lange wach und dachte angestrengt nach. Ohne einen guten Gedanken schlief ich schließlich

ein. Gegen Morgen träumte ich von hohen Wellen und Wassermassen. Ich schwamm und schwamm und kam nicht voran. Auf einmal tauchte Algie neben mir auf. Ich brüllte ihm aus Leibeskräften zu: »Hohle Nuss, schwimm gefälligst woanders!« Aber er lachte mich freundlich an und zog mich zu einem großen Boot mit riesigen Segeln. Schon stand ich am Mast, das Segel flatterte, der Sturm peitschte mich durch, ich sang und lachte. Plötzlich heulte über mir eine Sirene laut und durchdringend.

»Achtung, festhalten!«, schrie Algie, und wie auf Kommando fing alles um mich herum an zu schaukeln. Krampfhaft klammerte ich mich am Holz fest. »Hilfe!«

»Aber, Kind, was hast du?« - Wo kam Mama denn her? Traumbenommen sah ich in ihr besorgtes Gesicht. »Es hat nur gerade so furchtbar gewackelt!«, murmelte ich.

»Schäfchen!« Mama lachte. »Hast du den Wecker nicht gehört? Marsch ins Bad!«

Noch beim Zähneputzen hatte ich das Gefühl, als ob der Boden unter mir schwankte. Über Nacht war starker Wind aufgekommen. Wütend schob er graue Wolken vor sich her und brachte ungemütlich kalte Luft. Das war bestimmt kein Wetter für den See. Doch Terry lief einfach los. Also gut, ein bisschen Dauerlauf zum Warmwerden konnte nicht schaden.

Ich sah das Segel schon von weitem. Die Nummer kannte ich längst: GER 280. Diesmal saß ein anderer Junge mit im Boot. Sie waren die Einzigen auf dem Wasser. Kein Wunder, es schien nicht gerade verlockend draußen. Es pfiff so erbärmlich, dass ich die Kapuze hoch schlug und meine Jacke enger zog. Wie schräg das Boot lag! Ich wagte kaum hinzusehen. Wenn sie nun umkippten? Aber sie kippten nicht. Sie lehnten sich mit dem Rücken weit aus dem Boot und ließen sich in schneller Fahrt zum gegenüberliegenden Ufer tragen. Himmel, sie wollten doch nicht etwa aufs Land stoßen! Ich kriegte einen Mordsschreck. Da schoss die Jolle unerwartet herum, schon saßen die Jungen auf der anderen Seite, und die Segel kamen wieder auf mich zu. Rasend schnell hatten sie meine Uferseite erreicht. Ich hörte das Eichhörnchen brüllen: »Wende - Ree!« Das Boot flog herum, die Segel knatterten, die Jungen waren unterm Großsegel durchgetaucht und saßen weit zurückgebeugt, während sie sich erneut auf den See hinaustreiben ließen.
Langsam gewöhnte ich mich ans Hinsehen. Gebannt verfolgte ich die Wendemanöver, zuckte zusammen, wenn die weiße Fläche dem Wasser zu nahe kam, ballte aufgeregt die Fäuste und atmete erleichtert auf, wenn der Mast sich hoch richtete.
Ja, das war Segeln wie Paps es meinte! So hatte ich es noch nie erlebt. Ob mir das auch Spaß machen würde? Ich war meiner Sache nicht so sicher. Mich regte ja schon das Zuschauen auf, wie sollte da erst das Mitmachen werden? - Aber nicht genug, mein bisschen Mut wurde in den nächsten Minuten ein hübsches Stück mehr angeknackst.
Es war wie im Film: Der andere Junge kroch in die Mitte der Jolle und zog sich gewandt zum Mast hin. Eichhörnchen brüllte etwas hinter ihm her. Er fummelte am Großbaum herum, scheinbar ohne Erfolg. »Habs gleich!«, hörte ich ihn rufen. »Okay! Immer mit der Ruhe! Darf nur keine Bö kommen!«
Gerade in dem Moment kam wohl eine, denn das Boot neigte sich entsetzlich weit zur Seite. Der vorn am Mast versuchte noch, sich gegen den Bootsrand zu stemmen

und sein Gewicht nach außen zu bringen, da berührte das Segel die Wasserfläche. Die Jungen waren verschwunden.

»Hilfe!«, entfuhr es mir vor Schreck, obwohl weit und breit keine hilfsbereite Seele war. Terry sah mich entgeistert an - wie sollte er auch mit seinem Hundeverstand meine Aufregung begreifen! »Wenn die nun absaufen!«, rief ich.

»Wäff!«, antwortete mein Hundevieh und sauste den Abhang zum Wasser hinunter, ich hinterher. Wie gebannt starrte ich zu dem gekenterten Boot hinüber. Auf der windgepeitschten Fläche schaukelte einsam ein flacher Hügel, daneben etwas Weißes, und auf der anderen Seite entdeckte ich zwei Bälle. Ein Glück!, atmete ich auf. Das waren keine Bälle - das waren Köpfe. Jetzt hangelten die Jungen sich gemeinsam ans Schwert, das über ihnen aus dem Bootsrumpf herausragte. Einer stemmte sich schwerfällig daran hoch, der andere zog von unten mit. Träge hob sich das Segel. Ein Ruck, und es stand aufrecht. Sofort begann der Wind sein Spiel mit dem herrenlosen Boot. Musste die Jolle nicht sofort wieder kentern? Doch die Segel knallten nur willenlos hin und her, die Schoten schleiften im Wasser, keine Bö konnte ihnen etwas anhaben. Trotzdem war ich erleichtert, als sich jetzt auf jeder Seite gleichzeitig eine Gestalt am Bootsrand hoch zog und sich ins Innere hievte. Es sah so drollig aus, dass ich lachen musste. Behände krochen die beiden auf ihre Plätze; schon strafften sich die Segel; das Bad war beendet; weiter gings in schneller Fahrt, als sei nichts gewesen. Das alles war nur Minutensache gewesen. Den Jungen hatte es anscheinend wenig ausgemacht, ein bisschen zu schwimmen.

Ich atmete tief durch. »Engelchen!«, mahnte ich mein geschocktes Ich. »Lass die Finger von Hobbys, die nichts für kleine Mädchen sind! Kannst nicht mal sehen, wenns ein bisschen nass wird, und spuckst große Töne vom Segeln!«

Mir war fürs Erste sämtlicher Wind aus den Segeln genommen. Traurig kraulte ich Terry hinter den Ohren. »Du hasts gut, alter Junge, kommst gar nicht auf die Idee, dich in son wackliges Kentergestell reinzusetzen!«

Inzwischen hielt die Jolle auf den Steg zu. Nasse Klamotten werden mit der Zeit ungemütlich. Ich beobachtete, wie die Segel geborgen wurden. Wenig später kamen die Jungen auf mich zu. Ihre Jeans klebten wie eine Taucherhaut, und vergnügt wirkten die beiden nicht gerade. Ich hörte sie von weitem fluchen: »Mist! Hats uns mal wieder erwischt!« Das war Eichhörnchen. »Ach Quatsch, Tim!«, beruhigte ihn der andere. »Kann doch jedem passieren! Marco hats neulich auch erwischt, und der hat sich eingebildet, er würde nie in den Bach gehen.«
»Ich bin trotzdem ein Idiot! Das mit dem Baum darf einem richtigen Segler nicht passieren!« Sie waren auf ein paar Schritte an mich herangekommen, als Terry aufsprang und auf sie zu lief.
»Na, Fiffi, was machst du denn hier?«, wurde er begrüßt. Jetzt sahen sie mich. Eichhörnchen stutzte. »Hallo! Bei dem Wetter auch hier draußen?«
»Hm, ist doch schöner Wind!« Etwas Besseres fiel mir nicht ein. Ich kam mir furchtbar dämlich vor, hoffte aber inständig, dass ich wenigstens jetzt nicht meinen üblichen Tomatenkopf kriegte. Terry rettete die Situation. Er sprang kläffend um die beiden tropfenden Gestalten herum, hopste an ihnen hoch und wackelte wild mit dem Schwanz. »Terry, Schluss!«, rief ich ihn zurück. »Er tut nichts.«
»Sieht auch kaum so aus, dein Fiffi. Ist dochn Selbstgestrickter.« Ich kicherte albern. Plötzlich hatten die Jungen es eilig, nach Hause zu kommen. »Brrr, das wird kalt, wenn man hier rumsteht!«, sagte der andere. »Los komm, Tim!«
»Also tschüs dann!« Terry bekam einen Klaps aufs Hinterteil, und sie trabten los zu ihren Fahrrädern. Ich starrte ihnen nach, bis sie hinter der Wegbiegung verschwunden waren.
Und ich wollte segeln lernen! - »Mal wieder» hatten sie gesagt, als würden sie jede Woche unfreiwillig baden gehen. Aber es schien ihnen nicht das Geringste auszumachen. Zünftiges Kentern gehörte wohl zu einer Segelpartie dazu. Sollte ich meinem Vater doch Recht geben und Mama sagen, ich hätte mich für Tennis entschieden? Das

war eher was für mich. Schade, ich hätte es mir wirklich toll vorgestellt, mit im Boot zu sitzen. Aber wenn ich schon beim Zugucken Ängste ausstand?
Hatte der andere ihn nicht Tim genannt? Tim! - Tim, das Eichhörnchen! - Als ich ihn am nächsten Morgen auf dem Schulhof traf, konnte ich mir ein Schmunzeln nicht verkneifen. Zum Glück bemerkte Sandra es nicht, ich wäre mir höllisch dämlich vorgekommen. Wenn Sandra wüsste! Na, gerade ihr würde ich kein Sterbenswörtchen erzählen!

Im 3. Kapitel wird:
ein Zufallsbuch gekauft,
Tina vom Lerneifer gepackt,
der Stein ins Rollen gebracht,
ein Lehrergesicht in ein Fragezeichen verwandelt,
eine schwerwiegende Frage gestellt
und eine Wäscheleine in den Keller zurückgebracht.

Wenn ich viel Zeit und gerade frisches Taschengeld habe, wühle ich manchmal im Antiquariat unserer Buchhandlung. Irgend etwas erwische ich immer, es darf nur nicht zu teuer sein. Diesmal suchte ich Kurzgeschichten, ich brauchte dringend ein Geburtstagsgeschenk für Anne. Vorm Verschenken wollte ich erst selbst drin schmökern; es sollte also etwas Spannendes sein. Mir fiel ein schwarzes Buch in die Hände. Irgendetwas mit »Führerschein« stand darauf - konnte ich noch nicht brauchen, das Nächste bitte!
Als ich es zur Seite gelegt hatte, bildete ich mir ein, das Wort »Segel« gelesen zu haben. Zurück das Ganze! Ich hatte richtig gelesen. »Sportbootführerschein Binnen Segel Motor« stand groß und deutlich auf dem Umschlag. Mir stieg das Blut bis in die Stirn. Das gabs nicht!
Ich starrte das Buch an wie eine Erscheinung, bevor ich es aufschlug und darin blätterte. Genau das brauchte ich. Erst nach einer Weile schlug ich es wieder zu. Ich rieb mir die Augen und dachte angestrengt nach. »Bei dem Wetter!«, hatte er gesagt. Verflixt, warum sollte ich nicht auch Mut zum Kentern haben! Und so ein bisschen Wind würde ich doch verkraften. Ich gab mir einen Ruck und legte das Buch der Verkäuferin hin.
»Das macht neunzehn Mark achtzig.« Au Backe - mein

armes Taschengeld! Hoffentlich fragte meine Mutter nicht, wo es geblieben war! Aber mein Geld war meine Privatangelegenheit. Also: jetzt oder nie!
Dann war ich tagelang nicht zu sprechen. Überall schleppte ich das Buch mit mir herum. In der Schule schaltete ich restlos ab. Meine Mutter wunderte sich, weil ein ungewohnter Arbeitseifer ihre sonst eher faule Tochter gepackt hatte. Sie musste mich abends vom Schreibtisch wegholen; das hatte es nur in Ausnahmefällen gegeben. Zum Glück kam es ihr nicht in den Sinn, diese Super-Fleißaufgaben zu kontrollieren. In meinem Schrank lag unter dem Badeanzug unsere alte Wäscheleine. Ich übte jeden Abend vorm Einschlafen Seemannsknoten.
Die Spaziergänge mit Terry dauerten immer länger. Am See begnügte ich mich nun nicht mehr mit Zusehen und Vor-mich-hin-Dösen. Ich beobachtete die Handgriffe der Segler genau, achtete auf die Kommandos, blätterte in meinem »Führerschein« und stellte mir vor, ich säße im Boot. Es war oft sommerlich heiß, aber fast immer ging eine leichte Brise. Viele Segler kreuzten mit kleinen Jollen, manche mit hochseetüchtigen Kajütbooten auf dem See herum, der bei diesem Wetter die doppelte Größe gebraucht hätte.
Auf alle Fälle wäre ich liebend gern mitten im Gewimmel

gewesen, statt hier auf Beobachtungsposten zu sitzen und meinen Hund zu kraulen. Tim hatte meistens einen Jungen mit an Bord. Manchmal ließ er ihn an die Pinne. Warum hatte ich eigentlich nicht den Mut, irgendwo anzuheuern? Es gab ja nicht nur Eichhörnchen. Vielleicht hätte ich auf einem der vielen Boote mitsegeln dürfen. Aber ich kam mir bei meinem bisschen Ahnung albern vor und hatte Angst, mich zu blamieren. So starrte ich andächtig hinter den weißen Segeln her und nannte mich einen Feigling und eine lahme Ente.
An den Tag, an dem der Stein ins Rollen oder besser das Schiff ins Schwimmen kam, erinnere ich mich genau. Es war der 6. Juni. Wir schrieben Mathe, zwei Stunden. Und das bei einem Wetter, bei dem man schon morgens vor der Haustür ans Schwimmen dachte. Nach einer Stunde wirbelten nur noch quadratische Gleichungen durch meinen Kopf. Das änderte sich auch nach kurzem Luftschnappen nicht. Unter dem Tisch brachte mich mein »Führerschein« auf andere Gedanken. Quadratische Gleichungen und Anlegekommandos kämpften erbittert, schließlich gaben sich die Gleichungen geschlagen.
»Darf ich mal sehen, was du da liest, Christina!« Ich zuckte zusammen. Der Algie! Alle starrten zu mir herüber. Ich machte einem Prachtexemplar von Tomate Konkurrenz und saß stocksteif.
»Darf ich bitte mal sehen?«, wiederholte Algie freundlich. Wortlos rückte ich mein Heiligtum heraus. Das Gesicht über mir verwandelte sich in ein Fragezeichen. Ebenfalls wortlos legte Oberstudienrat Schüler das Buch auf meinen Platz zurück, ohne auf die neugierigen Blicke der anderen zu achten. Mit einem Kitzeln in der Magengegend versuchte ich, die Niederlage der Algebra auszugleichen. Beim Gongschlag klappte ich mein Heft zu.
Schon stand Sandra neben mir. »Mensch, du hast Nerven!«, tönte sie. »Quatsch!«, wimmelte ich sie ab und stopfte meine Sachen in den Rucksack. »Glaubst du, das warn Mathebuch?«
»Naja, wenn auch das nicht . . .«, bohrte sie, »auf jeden Fall hat Algie ein dummes Gesicht gezogen.«
»Kann ich mir denken!«, knurrte ich. Er konnte ja auch

keinen »Sportbootführerschein« unter meinem Tisch erwarten. Was er wohl dachte? - Aber das sollte ich gleich erfahren. Denn auf dem Flur erwartete er uns, das heißt mich. Sandra schickte er, obwohl sie vor Neugier platzte, auf den Schulhof.
Dann fragte er: »Seit wann segelst du?« - Typisch Algie! Kein Vorwurf, keine Ermahnungen, nur die Frage nach dem Grund für meinen »Führerschein«. Natürlich wurde ich wieder rot, aber nur ein bisschen, nicht vor Schreck, sondern vor Überraschung. »Ich, äh, eigentlich gar nicht!«, war alles, was ich antworten konnte.
»Ach so«, sagte er, »du willst erst die Theorie lernen, wenn ich recht verstehe.« - »Mir bleibt nichts anderes übrig!«, erklärte ich ihm mit plötzlichem Mut. »Ich kann ja nicht aufs Wasser gehen, wenn ich keine Ahnung habe.«
»Sehr vernünftig! Wann solls denn mit der Praxis losgehen?« - »Och ...«, wich ich aus, »das weiß ich noch nicht, kommt drauf an!« - »Wollt ihr euch ein Boot kaufen?«, erkundigte er sich. Seine Stimme klang kameradschaftlich. »Das glaube ich kaum!« - »Schade!«, fuhr Algie fort. »Segeln ist ein herrlicher Sport. Man braucht allerdings ein Boot oder Leute, die einen mitnehmen. Du weißt sicher, dass wir viel Zeit auf dem Wasser verbringen. Besonders unser Großer segelt recht ordentlich.« (Wem sagte er das!) »Ich komme leider zu selten mit raus. Bei wem willst du denn segeln?«
»Bei ... « Ich konnte ihm keine Antwort geben. Ob er dachte, ich wollte es nicht sagen? »Ich weiß noch nicht!«, platzte ich schließlich heraus. »Ich muss mal sehen!«
»Na, mach nur, dass du bald aufs Wasser kommst. Aus Büchern lernt man keinen Wind kennen. Da draußen machts dir bestimmt viel mehr Spaß.« Ich schluckte. Als ob ich mir das nicht denken konnte. Er hatte gut reden. »Ganz bestimmt«, meinte ich und dachte an das langweilige Zusehen. »Na, dann Mast- und Schotbruch, Christina!« - »Ja, danke!«, erwiderte ich und überlegte, was ich darauf antworten musste. Dann machte ich schleunigst kehrt. Der Algie war schon prima. Na, bei dem Sohn! Dabei kannte ich den Sohn kaum. Es war sicher umgekehrt: Weil ich den Vater prima fand, stellte ich mir den Sohn

auch so vor. Ich hätte singen können. Algie fand es völlig in Ordnung, dass ich die Absicht hatte, meinen Segelführerschein in die Praxis umzusetzen.
Aber langsam kühlte sich meine gute Laune um einige Grad ab. Mit wem sollte ich denn segeln? - Das war leider die Stelle, wo der Hund begraben lag. Außer Tim kannte ich da draußen keinen, den ich hätte fragen können. Oder sollte ich etwa zu Algie gehen? Weder Vater noch Sohn würden wohl von meiner Bitte begeistert sein; außerdem wäre mir das blöde Geschwätz der anderen sicher.
Ich versuchte, mir Sandras Gesicht vorzustellen, wenn sie mit treuem Augenaufschlag ankäme: »Na, Tina, seid ihr schön gesegelt gestern?«
Die Sache schien hoffnungslos, und ich war ziemlich geknickt. Tatsächlich schaffte ich es, ein paar Tage lang nicht an den See zu gehen. Auf einer Wiese am Waldrand hatten wir uns häuslich niedergelassen. Ich versuchte, mich auf Mamas Nachmittags-Faulenz-Roman zu konzentrieren und langweilte mich erbärmlich. Terry ging es besser: Er buddelte Mäuse aus und schleppte sie mir vor die Füße. Obwohl ich mit ihm schimpfte, wackelte der ganze Kerl vor Stolz.
Warum musste ich mich für ein Hobby entscheiden, zu dem man etwas so Unerreichbares wie ein Boot brauchte? Ich sollte mich mit einem Tennisschläger zufrieden geben. Vielleicht würde ich sogar Spaß daran finden, dem Ball hinterherzurennen, wie die anderen aus meiner Klasse. Ich würde noch mal mit meinen Eltern reden. Die Wäscheleine kam an ihren Stammplatz in der Waschküche zurück, und mein Führerschein wanderte in die unterste Schreibtisch-Schublade. Ich wich Algies Blicken aus und machte um Tim einen großen Bogen.

**Im 4. Kapitel gibt es:
wichtige Formalitäten,
eine Menge Kommandos,
einen störrischen Knoten,
das beste Boot der Welt,
achterlichen Wind und steife Finger,
eine gefürchtete Frage
und einen »Seemannsgang«.**

Am Dienstagmittag brauchte ich nicht mit dem Bus heimzufahren. Da konnte ich Frau Jörnson noch rasch in der Bücherei helfen. Ich kam erst spät aus der Schultür, fast im Laufschritt. Meine Mutter wartete an der Post auf mich. Wir wollten Pizza essen gehen. Beim Gedanken daran knurrte mein Magen. Vor der Tür stand jemand und wartete. Ich hätte ihn beinahe umgerannt.

»Man könnte meinen, du verpasst dein Flugzeug!« Ich starrte den Jemand entgeistert an. Ausgerechnet der, vor dem ich mich am liebsten in ein Mauseloch verkrochen hätte. Musste er gerade jetzt hier dumm rumstehen und mich aus der Fassung bringen? »Ist was?«, fragte er, als er mein entgeistertes Gesicht bemerkte. »Nein«, gab ich zurück, »ich habs nur ein bisschen eilig.«

»Ich hab auch nur ne kurze Frage.« Inzwischen schien auch er verlegen zu sein. Gabs denn so was! Er hatte auf mich gewartet. Ich war völlig verdattert. »Wieso ne Frage?« Das muss so entsetzt geklungen haben, dass er losprustete: »Fürchte dich nicht, sprach der Engel, denn siehe, ich verkündige dir große Freude!«

»Mach dich nur lustig!«, murrte ich. »Man wird sich doch wundern dürfen.« - »Okay!« Seine Stimme wurde sachlich. »Mein Vater hat mir erzählt, dass du deinen Segelschein machen willst.«

»Wie bitte?« Mein Mund klappte auf und zu. »Naja, ich

dachte, du könntest Hilfe brauchen beim praktischen Teil. Oder hast du schon jemand?« Was ich ihm antwortete, weiß ich nicht mehr. Aber als ich mich im Laufschritt dem Postplatz näherte, sang es in meinem Kopf: »Um drei am Steg, um drei am Steg, um drei ...«

Meine Mutter merkte, dass ich nur noch mit einem halben großen Zeh auf der Erde stand. Sie fragte nichts, ich wusste aber, wie gern sie in mein Innenleben hineingesehen hätte. Ich vertröstete sie, indem ich allen möglichen Quatsch erzählte. An ihrem Lächeln war jedoch abzulesen, dass sie sich damit nicht zufrieden gab.

In Windeseile schlang ich die leckere Pizza hinunter. Warum musste Mama heute bloß so entsetzlich langsam kauen? Zu Hause trat ich mit einem schnellen Abschiedsgruß den Rückzug in mein Zimmer an. Bloß nicht noch irgendwelche Pflichten andrehen lassen! Es war bereits zwei Uhr vorbei. Hastig kramte ich meinen »Führerschein« aus der Schublade, überflog noch einmal die ersten Seiten, kapierte nichts, schlich in die Waschküche, brachte nicht mal einen Achtknoten zustande und pfiff meinem Hund zu einem Spaziergang.

Auf dem Weg zum See ging ich nicht - ich schwebte und sang und pfiff. Terry sprang wie ein Wilder um meine Beine und kläffte übermütig. Ich sah Tim von weitem. Er hockte auf dem Steg und schien zu dösen. Als er uns kommen hörte, rappelte er sich hoch und erwartete uns, die Hände in den Hosentaschen vergraben.

»Ey - superpünktlich!« Er grinste bis über beide Ohren. Seine Jolle lag vertäut am Steg. Er hatte das Großsegel gesetzt. Bisher waren nur wenige Boote draußen, obgleich der Wind recht ordentlich sein musste. Ich würde es bald merken. »Wolln wir?« Und ob ich wollte! Ich bibberte vor Aufregung. Wenn er nun merkte, welch ahnungslosen Engel er angeheuert hatte? Tim kniete sich auf den Steg, löste den Knoten und zog das Boot heran. »Darf ich bekannt machen? Das ist *Nixe* - das ist Christina.« - »Angenehm! Man nennt mich übrigens Tina.«

Die »Nixe« dümpelte leise auf den kleinen Wellen und schien wenig berührt von unseren Formalitäten. Nicht genug, ich musste auch den Seglergruß lernen, bevor ich an Bord gelassen wurde. »Also gut, Fockaffe Tina: *Mast- und Schotbruch und immer eine Handbreit Wasser unterm Kiel!*« Ich wiederholte. Meine Ernennung zum »Fockaffen« machte mich stolz.

»Einsteigen bitte!« Tim kletterte voran, ich hinterher, er gewandt und sicher, ich ängstlich und unbeholfen. Au Backe, das war eine kippelige Angelegenheit! Ich stieg ohne nachzudenken auf dieselbe Seite wie mein Käptn und klammerte mich krampfhaft am Mast fest, weil der Boden sich unter mir bedenklich neigte.

»Schnell nach Steuerbord!«, sagte Tim energisch. »Das hier ist kein Kajütboot.« In Gedanken ohrfeigte ich mich. Klar, bei einem leichten Boot musste man das Gewicht gleichmäßig verteilen, wenn man nicht im Wasser landen wollte. Aufpassen, befahl ich mir in strengem Ton; blamieren würde ich mich früh genug.

»Sonst takle ich meistens ab!«, begann Tim, während er die Fock in die Höhe zog. »Bei dem Wetter habe ich die Segel draufgelassen. Segelsetzen können wir das nächste Mal üben.« Mir wars recht. Davon hatte ich nicht den leisesten Schimmer.

»Die Fockschot nimmst du.« Er drückte mir ein Stück Leine in die Hand. Ich nickte. Was sollte ich damit anfangen? Die Fock flatterte leicht hin und her und zog an meiner Leine.

»Kannst du die Vorleine losmachen - oder willst du die Pinne nehmen?« - Vorleine ... Vorleine? - Ach ja, am Steg! Ich kletterte mühsam an Land.

»Klar bei Vorleine!«, tönte es aus dem Boot. Gut, dass ich wenigstens die Kommandos auswendig kannte! Ich mühte mich, den Knoten aufzudröseln. Die Leine war gekonnt fest gezurrt in einem unbeweglichen dicken Eisenring und wollte sich nicht von mir Tollpatsch in ihrer Mittagsruhe stören lassen. Mist! Mit Mamas Wäscheleine gings doch wie geschmiert. Ich zog und zerrte. »Packst dus?«, wollte Tim wissen. Wie auf Befehl gab mein störrischer Knoten nach und ließ sich von selbst lösen. Nachher musste ich im »Führerschein« nachsehen, wie das Ding hieß; ich würde zu Hause noch mal üben. Endlich hielt ich die Vorleine in der Hand.

»Vorleine ist klar!«, meldete ich erleichtert. Langsam wollte sie mir aus den Fingern gleiten, das Boot trieb ab. Ich zog krampfhaft. Was jetzt? - »Vorleine los und aufs Schiff mit dir!«, rief Tim.
Ich landete auf dem Vordeck und hielt mich am Mast fest. Schon straffte der Wind das Großsegel. Wir begannen, Fahrt zu machen. Die Fock flatterte so heftig hin und her, als müsste sie mich von Deck fegen. Tim griff die Fockschot mit seiner freien Hand. »Los, an die Fock«, befahl er, »hierher, nach Steuerbord!«
Unsicher tastete ich mich nach hinten. Du lieber Schreck, wie das Boot schwankte! Mich hätte es nicht gewundert, wenn ich gleich im Wasser gelandet wäre. Ich angelte mir die Schot, froh, dass ich etwas zum Festhalten hatte.
»Nicht so dichtholen! Kannst ruhig etwas auffieren. Wir segeln mit raumem Wind!«, wies mein Käptn an. Moment - wie stand es im »Führerschein«? - »Das Vorsegel wird zu dicht gefahren. Die Vorschot ebenfalls so weit fieren, dass das Vorliek gerade noch nicht killt ...« Ich lockerte meinen Griff, saß aber gespannt wie ein Flitzebogen. Als ich wagte, mich umzuschauen, ließ meine Anspannung nach.
Das erste Mal in einem Segelboot! Es war ein Wahnsinnsgefühl, so mit dem Wind aufs weite Wasser hinausgetrieben zu werden - über mir die leuchtenden Segel, um mich her die glitzernde Fläche, unter mir die »Nixe« - das beste Boot der Welt. Ich war froh und stolz bis in die Haarspitzen. Zärtlich streichelte ich über die glänzende Wand. Sicher hatte der blanke Schiffskörper oft Wasser gespürt. Wie viele Niederlagen musste so ein Schiff wohl einstecken, wenn der Wind dies kraftvolle Vorwärtsschießen zu jammervollem Kielobentreiben gezwungen hatte. Was die »Nixe« erzählen würde, wenn sie könnte? »Ist schon alt, unser Mädchen!«, hörte ich Tims Stimme. »Eigentlich ist ein *Pirat* ja ein Mann - oder gibt es vielleicht emanzipierte Frauenpiraten?« - Eine tolle Idee! Wie ich wohl als Piraten-Tina aussehen würde? »Wetten wir!« Ich hielt mein rechtes Auge zu. »Zieh dein Messer, Käptn Tim! Rette deine Haut! Piraten-Tina wird dich den Fischen zum Fraß vorwerfen!«

»Hilfe!«, stöhnte der Verfolgte. »Meuterei!« - »Du kannst dein bisschen Leben geschenkt haben!« Ich war sehr gnädig. »Die armen Fische kriegen sonst Bauchweh.«
»Sag mal, spinnst du immer so?« Tim musterte mich besorgt. »Nur meistens!«, antwortete ich vergnügt. »Ich bin doch gerade so happy; ich könnte die ganze Welt umarmen!« Es war klasse. Da saßen wir keine fünf Minuten zusammen im Boot und blödelten, als würden wir uns seit Jahrzehnten kennen.
Wir segelten jetzt mit achterlichem Wind. Er kam genau von Westen und trieb uns voran, ohne dass wir einen Handschlag tun mussten. Tim hatte es sich an der Pinne bequem gemacht. Bei der Wärme trug er nur Badeshorts und Turnschuhe. Seine Haut begann sich leicht kupfern zu färben. Seine Sommersprossen leuchteten mit den blauen Augen um die Wette. »Guck, dein Hundchen wird rebellisch.« Er deutete zum Ufer. Terry lief ängstlich bellend am Strand hin und her. Armer Kerl! Woher sollte er

wissen, warum ich ihn nicht mitgenommen hatte. Gut, dass er nicht versuchte hinterherzuschwimmen - wasserscheu wie er war! »Ruhig, Terry!«, rief ich. »Frauchen kommt gleich wieder.«
Aber so »gleich« wurde es nicht, denn nun gings erst richtig los. Wir näherten uns der anderen Seite des Sees. »Klar zur Wende!«, kommandierte mein Käptn. »Klar!«, antwortete ich. Mir war aber absolut nicht klar, was ich zu tun hatte. Schon warf Tim die Pinne herum, das Großsegel schwenkte auf die andere Seite, haarscharf über meinen Kopf weg. Schnell ging ich auf Tauchstation. Das Focksegel zerrte an meiner Schot. Rasch ließ ich los und kroch hinter Tim her nach Backbord. »Fock dichtholen!«, hörte ich ihn drängen. Aber womit? - Die Schot hatte ich doch losgelassen! - Da drückte er mir eine zweite Leine in die Hand. Ich ergriff sie hastig und zog, bis mir die Finger weh taten.
»Kannst ruhig bisschen auffieren!«, kam es von hinten. Ich ließ wieder etwas nach. »Du musst darauf achten, dass die Fock nicht killt. Wenn du das Segel immer in einem Auge behältst, bleibt dir das andere für den Verklicker.«
»Genau!«, stimmte ich zu und gab mir Mühe, es überzeugt klingen zu lassen. Dabei hatte ich nur die Hälfte von Tims großer Rede verstanden. Ob er mich auslachen würde, wenn ich dumm fragte? Aber er hatte mir angeboten, beim Lernen zu helfen, also nur Mut! Ich konnte ja ein bisschen schlau fragen.
Da kam bereits das nächste Kommando zur Wende. Diesmal klappte es besser, und obwohl ich vor Aufregung schwitzte, wurde ich mit jeder Wende sicherer. Aufpassen, hieß die Parole, und dauernd das Segel beobachten. Meinte ich, die Schot wäre richtig dicht geholt, stellte ich schon wieder dieses verflixte Flattern im Segel fest. Meine Finger wurden steif, weil die Schot und ich uns nicht einig waren. Allmählich gewöhnte ich mich daran, dass unser Schiff sich mitunter beängstigend schräg legte. Nach der ersten Wende hatte ich einen Mordsschreck gekriegt. Ein Gefühl war das, wenn man plötzlich hoch gehoben wurde und das Wasser auf der falschen Seite

unter sich sah! Doch der Spuk war gleich vorbei, und wir waren nicht umgekippt. Beim nächsten Mal konnte ich mich ein bisschen zurückbeugen, wie Tim es auch tat, aber ich traute mich nicht, meinen Rücken allzu weit hinauszulehnen. War ich steif! Aber das ging vorbei. Nach einigen Wenden merkte ich, wie alles selbstverständlich wurde: Der Schmerz in den Fingern ließ nach, mein Körper war kein Besenstiel mehr, und es machte mir Spaß, wie der Bootsrand unter mir die Wellen berührte und mir dabei die feine Gischt übers Gesicht sprühte.

Endlich auf dem Wasser! Ich hätte gegen den Wind ansingen mögen! Mein armer Käptn, er würde mich für völlig übergeschnappt halten. Er merkte mir aber auch so an, wie wohl ich mich fühlte. »Alles klar?«, fragte er. »Sonnenklar!«, gab ich zurück.

Was hatte er damit gemeint, ich sollte den Verklicker immer im Auge behalten? Ich sah hoch zur Mastspitze. Tatsächlich, das Fähnchen war ständig in leichter Bewegung. Dabei bildete ich mir ein, der Wind käme nur aus einer Richtung. Tim folgte meinem Blick.

»Das Ding spielt dauernd verrückt!«, begann er, ohne dass ich fragen musste. »Auf dem Edersee kannst du nie voraussagen, aus welcher Richtung es in der nächsten Minute bläst. Mir tut manchmal der Hals weh vom vielen Hingucken.«

»Ist das denn so wichtig?«, erkundigte ich mich vorsichtig. »Witzbold!«, spottete mein Käptn. »Wie willst du segeln, wenn du nicht erkennst, woher der Wind einfällt? Für dich als Vorschoter ist das nicht so schlimm. Willst du mal an die Pinne? - Da merkst dus gleich, wie der Wind dich foppt, wenn du nicht richtig mitspielst.«

Ich sollte das Ruder nehmen? Gleich beim ersten Mal? Bloß nicht! Das traute ich mir nicht zu. Dankend lehnte ich Tims Angebot ab. Heute wollte ich mich erst mal als Fockaffe verdient machen. Allerdings hätte ich im Augenblick nicht viel verkehrt machen können. Wir waren bis zum Steg zurückgekreuzt und ließen uns mit achterlichem Wind über den See treiben. Terry hatte es aufgegeben, uns hinterherzukläffen. Wartend saß er auf den sonnendurchwärmten Bohlen und hoffte geduldig auf sein treulo-

ses Frauchen.
»Jetzt denkt man, der Wind schläft.« Ich machte es mir bequem; in dieser Richtung durfte die Strecke doppelt so lang sein. »Von wegen! Wir machen ganz hübsch Fahrt. Guck ans Ufer, dann merkst dus.« Tim hatte Recht. Der Campingplatz mit seinen Bäumen und Büschen zog rasch vorüber. Ich tauchte meine Hand ins Wasser. Eilig glucksend glitten kleine Wellen über meinen Arm und liefen in einem schmalen Schaumstreifen davon. »Segelst du schon lange?«, wollte ich wissen. »Ziemlich! Unser *Pirat* gehört meinem Vater. Der hätte es am liebsten gesehen, ich wäre an Bord auf die Welt gekommen.« - »Man stelle sich das vor!« Ich kicherte. »In Segeltücher gewickelt statt in Windeln, getauft mit Ederseewasser.«
»Hätte nicht viel gefehlt. Mein Vater war früher ganz verrückt auf seine *Nixe* - und meine Mutter mit.« - »Mensch, du hast tolle Eltern!«, stellte ich fest.
»Klar! Sie werden zwar alt, aber kein Segler kann ohne sein Schiff leben, solange er nicht als Grufty herumläuft. Ich durfte mit dem Boot umgehen, bevor ich eins und eins zusammen zählen konnte. Ich wollte immer dabei sein und hab so alles mitgelernt. Als wir letztes Jahr alle den Segelschein machen mussten, merkte ich erst, wie schwierig die einem den Kram machen wollen. Diese ganze Sch...-Theorie hätte mir gestohlen bleiben können.«
»Ja, aber ...«, wandte ich ein. »Kann mans denn auch ohne lernen?« Voll Ehrfurcht dachte ich an meinen »Führerschein».
»Guter Witz!«, prustete Tim los. »Ich hab ein einziges Mal ein Buch in der Hand gehabt - vor der theoretischen Prüfung. Segeln lernt man sowieso nur auf dem Wasser!« Das klang wie das Amen in der Kirche.
»Hm!«, murmelte ich ohne Überzeugung. Sicher hatte Tim alle väterlichen Erklärungen längst wieder vergessen. Er konnte eben segeln, und damit basta! Er wusste gar nicht, dass er viel wusste. Ich brauchte jedenfalls meinen »Führerschein» wie Tim seinen Hut, ohne den ich ihn noch nie auf dem Wasser gesehen hatte.
Dann kam die gefürchtete Frage: »Mit wem bist du sonst

aufm Boot gewesen? Ich hab dich noch nie hier segeln sehen.« - »Nee, ging auch schlecht!«, gab ich zu. »Ich mochte keinen fragen.« - »Na, du hastn goldigen Humor! Wolltest du trockensegeln?« Tim tippte sich an die Stirn.
»Du hast gut reden!« Ich war ein bisschen eingeschnappt. »Hastn eigenes Schiff und machst dich übern armes Würstchen lustig.« Tim amüsierte sich über meinen vorwurfsvollen Ton. »Engelchen, du bist witzig! Was glaubst du denn, warum wir dich angeheuert haben?« - »Seit wann bist du zwei?« Und wieso kannte Tim meinen Spitznamen? Langsam fiel der Groschen. Natürlich, der Algie steckte ja dahinter. Er nannte mich manchmal Engelchen, wenn er gute Laune hatte. Das war echt Algie; sicher wusste seine Familie bestens über unsere ganze Klasse Bescheid. Auf alle Fälle fand ich es nett von ihm, mich seinem Sohn aufzuschwatzen, und nett von diesem Sohn, mich anzuheuern.
»Dein Vater ist ein Supertyp!«, sagte ich. Tim grinste. »Wenn du meinst, muss wohl was dran sein. Wahrscheinlich kennt man seinen eigenen Vater nicht so gut, weil er einem jeden Tag auf den Wecker fällt. Aber ehrlich gesagt: Ich würde ihn auch nicht eintauschen. Was man hat, das hat man. Ich hätte es schlechter treffen können.«
Eine Weile schwiegen wir uns an. Dann begann Tim sachlich: »Bisher stellst du dich ganz clever an, wenn man bedenkt, dass du das erste Mal ein Schiff unter den Füßen hast.«
»Ehrlich?« - »Ganz ehrlich! Ehrlicher gehts nicht! Wetten, du machst noch diesen Sommer deinen Segelschein!«
»Meinst du?« - »Na, wenn jemand so büffelt!«, meinte er mit ernstem Gesicht, nur die Augen blitzten verräterisch.
»Blödmann!« Ich ärgerte mich ein bisschen, weil ich auf seine dummen Sprüche reingefallen war. Er grinste aber so unwiderstehlich, dass sich auch meine Mundwinkel nach oben verzogen.
Inzwischen hatten wir zum zweiten Mal das andere Ufer erreicht. »Klar zur Wende!« Und gleich gings rund. »Los, Fockaffe, nicht auf den Lorbeeren ausruhen! Hol dichter die Fock! Weiter raushängen - fällst nicht ins Wasser.

Musst du lernen; ist bei Böen verdammt wichtig! Los, Schot anziehen, die Fock killt!«
Der Fockaffe spurte. Ich fühlte ein Kribbeln in den Händen und bildete mir ein, Bäume ausreißen zu können. Hatte mich je ein solch überschäumender Glücksrausch gepackt wie hier zwischen Wasser, Segeln und Wind? - Ja, zum Segeln gehörte Wasser. Mein »Führerschein« war weit weg. Als Tim sich erkundigte, ob wir aufhören sollten, protestierte ich empört. Wir waren ja gerade richtig in Fahrt! Schließlich hielten wir aber doch auf den Steg zu.
»Hast dich echt cool gehalten!«, lobte mein Käptn, als wir die »Nixe« vertäut hatten. »Das nächste Mal versuchst du es mal an der Pinne, wenn wir nicht gerade Windstärke sechs bis acht haben.« Wie der Steg schwankte! Komisch, auch am Ufer war mir, als könnte ich nicht gerade gehen. Die Erde schien sich leicht auf und ab zu bewegen. Ich sagte es Tim. Er lachte. »Ja, so ist das bei richtigen Matrosen! Schon mal was von Seemannsgang gehört? Das kommt einem so vor, wenn man längere Zeit auf dem Wasser war.«
Noch abends im Bett mit geschlossenen Augen glaubte ich, das Schwanken zu spüren. Wohlig kuschelte ich mich unter die Decke und ließ mich in den Schlaf schaukeln. Am Fußende hatte Terry sich zusammengerollt. Heute schubste ich ihn zur Belohnung nicht runter; es war so geduldig gewesen, das Hundevieh. Was für ein Tag!

Im 5. Kapitel ist:
nur Fliegen schöner,
ein neuer Skipper an Bord,
Sandra auf der Abschussliste,
ein pinkfarbener Briefbogen
Geschoss Nummer Zwei,
Windstärke zehn,
Tim zuerst in seinem Element,
später ratlos,
ein dicker Kloß im Hals.

Am nächsten Morgen erwachte ich total happy. Bevor der Wecker sein nervtötendes Piepen loswerden konnte, war ich schon barfuß auf dem Weg ans Fenster. Passend zu meiner Stimmung strahlte die Sonne. Die Blätter der großen Birke zitterten leicht, und am Himmel entdeckte ich schwache Windwolken. Na also, wenn das kein Segelwetter war! Ich hüpfte pfeifend ins Bad und stand unter der Dusche, als meine Mutter hereinkam.
»Nanu, bist du aus dem Bett gefallen?« Sie schien überrascht, ihre Tochter bereits in voller Aktion vorzufinden.
»Nee!«, prustete ich. Am liebsten hätte ich meinen Eltern alles erzählt, und es kostete mich einige Selbstbeherrschung, nicht den Grund meiner guten Laune herauszusprudeln. Aber wer weiß, ob nicht gleich ein »Wenn« und »Aber« von Mama käme. Und das hätte sofort alles kaputt gemacht. Ich war viel zu selig, um irgendwelche Einwände über mich ergehen zu lassen. Auf dem Weg zum Schulbus summte ich vor mich hin; die sechs Stunden gingen irgendwie vorüber, und schließlich war es kurz vor drei.
Es wehte tatsächlich ein hübsches Lüftchen, als ich an Bord der »Nixe« kletterte - diesmal fast ohne Gleichgewichtsstörungen. Die Segel flatterten heftig hin und her,

und ich war froh, als unser Ablegemanöver auf Anhieb klappte und mich die ungebändigte Fock nicht beim Aufspringen von Deck fegte. Ich fühlte mich heute schon sicherer. So muss sich ein junger Vogel vorkommen, der gerade fliegen gelernt hat und sich nun im Vertrauen auf seine Flügel durch die Luft tragen lässt.

Mit achterlichem Wind schossen wir in rasender Fahrt vorwärts. Die »Nixe« glitt leicht übers Wasser - wäre nicht meine Haut feucht geworden von der aufspritzenden Gischt, ich hätte gemeint, wir berührten kaum die Oberfläche. »Als ob wir schweben!«, rief ich Tim zu. »Gleich heben wir ab!«, meinte er trocken. »Passagiere bitte anschnallen!« Ich musste lachen. »Nur Fliegen ist schöner!«, dachte ich laut. »Ist noch die Frage«, überlegte Tim. »Absaufen ist ein schönerer Tod als Abstürzen.« - »Ich bleibe lieber leben«, stellte ich fest.

»Okay, dann geh auf Tauchstation! Klar zur Wende!« Rasch schlug der Baum herum, ich kletterte nach Steuerbord, und nun begann ein hartnäckiger Kampf: Fockaffe gegen Fockschot. Das Tauwerk schnitt scharf in die Handflächen ein, und die Arme fingen an, weh zu tun. Als könnte Tim Gedanken lesen, warf er mir Handschuhe zu.

»Probiers mal damit!«, empfahl er mir. »Kannst besser anpacken!« Mühsam schlüpfte ich hinein, ohne dem Ziehen der Fock nachzugeben, und spürte dankbar, wie Recht Tim hatte. Rasch folgte Wende auf Wende. Jedes Mal war ich erleichtert, wenn ich für einen Moment meine Finger entkrampfen durfte, um gleich die andere Schot mit allen Kräften dichtzuholen. Es war eine Erholung, als wir uns schließlich wieder treiben lassen konnten.

»Willst du mal an die Pinne?«, fragte Tim. Ich schluckte vor Aufregung. »Ja, gerne!«, antwortete ich höflich, obwohl ich lieber »Nein, danke!« gesagt hätte. Aufmunternd meinte Tim: »Keine Bange! Da hinten löse ich dich wieder ab. Eine Wende ist heute bei dem Wind noch bisschen haarig für dich.«

Also kroch ich nach hinten und hielt die Pinne krampfhaft fest. »Brauchst nur Kurs auf den Campingplatz zu halten!«, kam die Anweisung. Und ich hielt Kurs. Das heißt, ich umklammerte die Pinne, als wollte ich sie nie mehr

loslassen, und wirklich, die »Nixe« hielt gehorsam auf die Wohnwagen zu. Was für ein Gefühl - jetzt war ich Käptn! Und meine »Nixe« war zahm wie ein Eichhörnchen! - Eichhörnchen - irgendwann würde ich ihm seinen Spitznamen beichten. Langsam fing ich an, meine Rolle als Käptn zu genießen. Ich wagte sogar, die Pinne näher zu mir heranzuziehen. Sofort wurde das Boot störrisch, die weißen Wagen erschienen weit an Backbord, und ich hatte Mühe, wieder Kurs zu halten.
Tim schmunzelte: »Tja, großer Käptn, son Schiff ist feinfühliger als man denkt. Aber probier ruhig ein bisschen hin und her; merkst schon, woher der Wind weht. Und guck öfter hoch zum Verklicker!« Beschämt merkte ich, dass ich das bisher noch nicht ein einziges Mal getan hatte. Ich hütete mich, das Ruder ein zweites Mal herauszufordern, und verrenkte mir stattdessen fast den Hals. Erleichtert atmete ich auf, als wir wieder die Plätze wechselten.
Von Neuem hieß es kreuzen. Aber entweder hatte der Wind nachgelassen, oder ich hatte mich an den Zug der Fockschoten gewöhnt. Ich merkte kaum noch, wie die Hände schmerzten. Erst abends am Schreibtisch wunderte ich mich über meine steifen Finger.
Zum Glück gab es auch an den nächsten Tagen immer guten Wind, und meine Hände wurden täglich kräftiger. Tim fand jeden Nachmittag eine oder auch mehrere Stunden Zeit für seinen neuen Vorschoter. Ein paarmal war auch Felix mit an Bord - der Junge, mit dem ich Tim oft beim Segeln beobachtet hatte. Dann teilten wir uns sozusagen die Fock. Aber drei sind bekanntlich einer zu viel. Und Felix heuerte immer öfter auf einer anderen Jolle an. Tim schien es ganz recht. Er hatte sich wohl vorgenommen, aus mir nicht nur einen guten Vorschoter zu machen.
Inzwischen scheuchte er mich sogar schon zum Ablegemanöver an die Pinne und sah kritisch zu, wie ich die »Nixe« auf den See hinaussteuerte. Und ich lernte mit wachsender Begeisterung. Bald machte es mir Spaß, Steuermann zu sein. Ich konzentrierte mich auf das Boot wie auf eine mathematische Gleichung. »Mach keine

Wissenschaft daraus!«, unkte Tim. »Na und«, wehrte ich mich, »Wissenschaft schafft Wissen.«
Bei steifer Brise wechselte ich jedoch willig an die Fock. Dann nahm Tim den »Kampf mit den Elementen« auf, wie er großartig verkündete. Wir waren eine gute Crew. Der Käptn schien zufrieden mit seinem Vorschoter - er sagte es jedenfalls - und ich konnte mir keinen besseren Käptn wünschen. Unser »Bordhund« hatte sich bisher in respektvoller Entfernung vom Boot gehalten. Er traute wohl den knatternden Segeln nicht über den Weg. Lieber lief er am sicheren Ufer hin und her und kläffte auffordernd. Wenn wir endlich anlegten, war er vor Freude kaum zu bändigen. Ich erzählte Tim, wie ich damals an der Uferböschung gestanden und seine kühnen Manöver beobachtet hatte. »Gezittert hab ich dabei!«, bekannte ich. »Ich muss lachen, wenn ich jetzt dran denke.«
Tim meinte nur: »Getauft bist du jedenfalls noch nicht!« - Meine Sehnsucht danach war gering, obwohl es mir jetzt kaum noch so viel ausgemacht hätte wie am Anfang. Wenn Tim kentern konnte, würde ich das auch überstehen. Ich sah zuversichtlich in meine Seglerzukunft.
Eines Tages kam die kalte Dusche. Sie kam völlig unerwartet. In der Schule gingen Tim und ich uns aus dem Weg. »Was gehts die anderen an!«, fand Tim. Wir hatten nachmittags genug Zeit. An diesem Tag steckte ich in der großen Pause bis über die Ohren in Englischvokabeln; ich hatte bei der Schmidt einiges gut zu machen. Plötzlich tauchte Sandra auf. »Hi, Tina«, fing sie an, »hast wohl gestern wieder Besseres im Kopf gehabt als Schule!«
»Wieso?«, fuhr ich sie an. »Ich kann doch meinen Kram lernen, wo und wann ich will, oder?« - »Natürlich kann man seine Vokabeln in der Pause lernen, wenn man sich nachmittags mit seinem Lover rumtreibt - beim Segeln und was man sonst noch so macht!« - Und weg war sie. Ich starrte ihr entgeistert nach. Woher wusste ausgerechnet Sandra ... ? Sie musste geschnüffelt haben. Bestimmt war sie nach meinem Gespräch mit Algie vor Neugier fast geplatzt. Diese ... ! Ich fühlte mich unfähig, einen vernünftigen Gedanken zu fassen - schon gar nicht auf Englisch. Zum Glück ließ mich die Schmidt die ganze nächste

Stunde ungeschoren. Sandra dagegen glänzte mit seltenem Eifer und brachte es fertig, ihren Kopf nicht ein einziges Mal in meine Richtung zu drehen. Sicher hätten meine Blicke sie mit einer Salve tödlicher Laserstrahlen getroffen. Ach was, das war ein viel zu schneller Tod! Am besten wäre sie einem Tyrannosaurus rex vors Maul geraten oder von einem Vampir ausgesaugt worden ...
Als es zur nächsten Pause gongte, hatte ich mich so weit beruhigt, dass ich wieder normal denken konnte. Gleich heute würde ich meinen Eltern alles erzählen, denn wie ich Sandra kannte, dauerte es nicht lange, bis sie an einem der nächsten Nachmittage mit Unschuldsmiene bei uns aufkreuzte. Dummerweise wäre ich zufällig nicht zu Hause, und eine Viertelstunde später wüsste meine Mutter aus sprudelnder Quelle die neuesten Seglernachrichten und jede Menge typischer Sandra-Fantasien obendrein. Wahrscheinlich würde meine Mutter darüber lachen - aber vorbeugen war besser. Vielleicht sollte ich meine Eltern mal mit ans Wasser locken - falls sie meinem neuen Hobby nicht trauten. Außerdem könnten sie dann ruhig meinen Skipper unter die Lupe nehmen. Sie würden nichts auszusetzen haben, weder an Tim noch an seiner »Nixe«. Ich stellte mir Sandras dummes Gesicht vor, wenn meine Mutter sagte: »Tut mir Leid, aber Tina segelt gerade, du musst heute Abend noch mal vorbeischauen!«
Am Anfang der Deutschstunde war ich wieder obenauf. Da schob Katja mir einen Briefumschlag zu. Weil mein Name draufstand, öffnete ich ihn neugierig. Ich entfaltete einen pinkfarbenen Briefbogen. Darauf hatte jemand ein riesiges Herz gemalt, aus dem mir vier Buchstaben entgegensprangen: C. E. + T. S.
C. E. das war ich, und T. S. konnte nichts anderes bedeuten als Tim Schüler. Sandra hätte lieber ein Boot drumrum malen sollen als so ein albernes Herz! Das würde ins Schwarze treffen! Ich drehte den Bogen um und las: Käptn mit Erfahrung gesucht - nicht nur beim Segeln!!! - Hi, girls, ... Timmy hat euch **alle** lieb!!!
Ich starrte den Brief an, bis die Buchstaben zu tanzen anfingen und ich merkte, wie mir die Wut im Nacken hoch kroch, sich knallrot über mein Gesicht verteilte und nach

unten zog, um sich im Magen wie eine Eisenklammer fest zu setzen. Geschafft, Sandra! Dein Geschoss Nummer Zwei hat ins Schwarze getroffen, und zwar genau in die Mitte!
Aber sofort gab ich mir einen moralischen Rippenstoß. War ich blöd, dass ich mich über so einen Quatsch ärgerte? Was wusste Sandra schon von Tim und mir? Wir segelten zusammen; das war alles. Mehr wollte ich nicht von Tim und Tim nicht von mir. Basta! Wenn diese neunmalkluge Tussi sich eine Romanze auf dem Wasser ausmalte, dann sollte sie! Mir konnte sie den Buckel runterrutschen. Von mir aus durfte Tim zehn andere an jedem Finger haben, das war mir völlig schnuppe!
Andererseits konnte ich nicht glauben, dass an dieser Behauptung ein Fünkchen Wahrheit sein sollte. Tim war ein unheimlich netter Typ. Ich würde mit ihm rund um die Welt segeln, wenns drauf ankäme. Aber Tim als Herzensbrecher - nein, so konnte ich ihn mir beim besten

Willen nicht vorstellen. Sandra war nur neidisch, das war alles! Sie sollte bloß nicht denken, ich würde auf ihren Blödsinn anspringen! Am besten erzählte ich Tim von dem feinfühligen Hinweis meiner besorgten »Freundin«.
Aber wenn tatsächlich was Wahres dran war? Wenn Tim mehr wollte als mit mir segeln oder wenn er vor anderen Jungen damit angab, dass er mich »rumgekriegt« hätte - ich wusste ja, wie Jungen manchmal über Mädchen redeten ... In meinem Kopf tobte Windstärke zehn. Zum Glück gabs in der sechsten Stunde hitzefrei. Mir war übel, als ich zu Hause ankam. Meine Mutter musterte mich besorgt, schob es aber auf die Hitze, dass ich kaum einen Bissen hinunter bekam. Terry hopste erstaunt hinterher, als ich mich der Länge nach aufs Bett fallen ließ, und kuschelte sich tröstend in meinen Arm.
»Oh Terry, Sandra ist so blöd und mies!«, schluchzte ich ihm ins Ohr. Heulen tut immer gut. Die Tränen spülen den Felsen weg, der quer vor dem Magen liegt. Man kann wieder tief durchatmen und ist einigermaßen erleichtert. Nur das verräterische Rot um Augen und Nase bleibt als letzte Spur des Jammers.
Ich rief meiner Mutter, die diese Spur nicht zu sehen brauchte, in die Küche einen kurzen Gruß zu. Schon standen wir vor der Gartentür. Terry schlug automatisch den Weg zum See ein. Nun gerade! Tim war noch nicht am Steg. Ich begann, die »Nixe« segelfertig zu machen. Als ich die Fock einschäkelte, sprang er vom Fahrrad.
»Hallo! Bist ja früh heute!«, begrüßte er mich. »Hm«, entgegnete ich, »brauche dringend Ablenkung!«
»Ärger gehabt?« - »Neeeee, nur so!« Ich brachte es nicht fertig, von Sandras Brief zu erzählen. Es kam mir zu albern vor, ihm diesen Unsinn aufzutischen. Wie würde er reagieren? Und vielleicht hatte Sandra doch recht! So sehr es mir auf der Zunge brannte, meinen Groll herauszusprudeln, es war wohl das Beste, ich schluckte ihn hinunter, statt mich zu blamieren.
Tim fragte nicht weiter, sondern half mir nach einem forschenden Blick beim Segelsetzen. Der Wind war heute gut. Wir hatten alle Hände voll zu tun und konnten nur die nötigsten Worte wechseln. Bei der Hitze trugen wir bloß

Badezeug und Turnschuhe. Es machte Spaß, vom überspritzenden Nass abgekühlt zu werden. Das Boot lag oft so schräg, dass wir Wasser übernahmen. In meinen Schuhen gluckste es. Wir machten tüchtig Fahrt.
Tim war in seinem Element. Ihm konnte es nie stürmisch genug sein, und jede harte Bö wurde mit Begeisterung ausgekostet. Ich lachte einfach mit, wenn er vor Freude überschäumte. »Ist das toll!«, brüllte er gegen den Wind an. Noch nie hatte ich ihn so übermütig gesehen. Ich bewunderte ihn. Wie Recht er hatte: Es war wirklich toll! Viel zu schön, um sich Sorgen zu machen! Auf dem Wasser fühlte ich mich so leicht, so unbeschwert.
Dämliche Sandra! So einen Unsinn in die Welt zu setzen! Nicht dran denken, befahl ich mir. Nur leben und diesen Augenblick fest halten.
Der Kampf mit dem Wind forderte uns bis zum Äußersten. Wie genau man aufpassen musste in diesem Spiel! Sonst war man der Unterlegene. Der Gegner zeigte sich unberechenbar, aber er forderte im Guten heraus. Auch die Niederlage war noch ein Spaß. Immer wieder gingen wir zum Angriff über, immer wieder zwang uns der Gegner fast in die Knie. Und wir freuten uns wie kleine Kinder, wenn unser Mast sich langsam aufrichtete.
Es war spät, als wir endlich - erschöpft aber glücklich - am Steg fest machten. Terry begrüßte uns jaulend. Zärtlich kraulte ich ihm den Rücken. »War das klasse, alter Bursche! Schade, dass du immer zugucken musst!«
»War Spitze heute!«, meinte Tim. »Dein Frauchen hat sich tapfer geschlagen. Führerscheinprüfung mit *Sehr gut* bestanden.« - »Die Urkunde bitte dem Prüfling im dunkelblauen Anzug überreichen!«, gab ich stolz zurück. In strahlender Laune trabten wir durch die Felder. Terry hopste kläffend vor uns her. Als der Weg besser wurde, schwang Tim sich in den Sattel und dirigierte mich auf die Stange. Übermütig kichernd näherten wir uns der Stelle, wo sich unsere Wege trennten. Tim bremste, und ich sprang ab.
»Tschüs, bis morgen!« - »Nee, morgen geht nicht!«, verbesserte ich. »Meine Mutter hat Geburtstag. Wir haben das Haus voll Besuch.«

»Du, da fällt mir was ein!«, begann Tim zögernd. »Hättest du abends Zeit?« - »Abends?«, fragte ich erstaunt. »Willst du mit ner Taschenlampe segeln?« - »Wer redet denn vom Segeln? In deinen Kopf geht wohl gar nichts anderes mehr rein! Ich bin zu einer Fete eingeladen, bei einem Freund im Garten. Das wird klasse, mit Fassbier und Grillen und so. Möchtest du nicht mitkommen?« Er sah mich erwartungsvoll an. »Natürlich nur, wenn du Lust hast!«

Ich schluckte. Plötzlich saß in meinem Hals wieder der Kloß von vorhin. Zu einer Fete wollte er mich mitschleppen. Also nicht nur segeln! War ich vielleicht doch eine unter vielen? Ich schluckte noch mal und brachte keine Antwort heraus. Tim musterte mich besorgt und erkundigte sich: »Ist was? - Du guckst ja, als solltest du mit auf ne Beerdigung kommen.«

Ich schüttelte den Kopf: »Nee, ist nix, aber ich mag nicht zu ner Fete mitkommen! Morgen nicht und überhaupt nicht!« Schon hatte ich kehrtgemacht. Zurück blieb ein äußerst verdutzter Tim , der mir ratlos nachsah und nicht verstand, warum ich mich so blöd benahm. Ich hätte mich ohrfeigen können! Einfach kindisch! Nur weil er mich einladen wollte! Was war denn dabei? - Jetzt würde er sauer sein und mich nie mehr angucken! Und mit dem Segeln wäre es wohl auch vorbei.

An diesem Abend schluchzte ich mich in den Schlaf, und nicht einmal Terry konnte mich aufmuntern.

Im 6. Kapitel hört:
Mutter Engel eine Beichte, eine Neuigkeit aus falschem Mund und ein Kompliment;
Vater Engel die Erklärung für einen Sturmangriff;
Tina mal wieder den Namen »Tinalein«, einen guten Rat zum Erwachsenwerden, endlich wieder etwas von Tim und zweimal das Besetztzeichen.

Am nächsten Tag erregte ich die Besorgnis aller Geburtstagsgäste, verzog mich mit Kopfschmerztabletten auf mein Zimmer und drehte den CD-Player auf volle Lautstärke, bis mir tatsächlich fast der Kopf platzte. Abends hockte ich am Schreibtisch, starrte aus dem Fenster und kämpfte gegen die Tränen an.
Als meine Mutter mich so entdeckte, fing sie vorsichtig an zu bohren. Nach und nach kam es dann heraus, stockend, unterbrochen von Schluchzen und Naseputzen. Seufzend schloss ich meine Beichte:
»Nun ist alles aus. Ich hab mich benommen wie ein Riesenkamel.« Für mich war der Schluss-Strich unter meine Seglerlaufbahn gezogen. Keine zehn Pferde würden mich mehr an den See ziehen. Von mir aus konnte morgen die Welt untergehen, eine Sintflut kommen oder ein Erdbeben. Schlimmer konnte es sowieso nicht mehr werden. Wortlos starrte ich auf meine Fingerspitzen.
Meine Mutter sagte ganz ruhig, mit einer Stimme, als wäre Heiligabend: »Weißt du, Tinalein ...« Wenn sie Tinalein sagt, gehe ich normalerweise in Igelstellung. Ich kann es nicht vertragen, wenn ich als beinahe erwachsener Mensch wie ein Baby behandelt werde. Aber diesmal tat es richtig gut, einen einzigen Menschen auf diesem trostlosen Planeten zu haben, der Tinalein zu mir sagte, so wie vor langer Zeit, als es noch keine Sorgen gab. Der

Kloß in meinem Hals löste sich. Erwartungsvoll schaute ich zu meiner Mutter auf.
»Du solltest den Kopf wegen solch einer dummen Sache nicht hängen lassen. Du lebst doch nicht dafür, dass die anderen etwas von dir denken. Deren Meinung kann dir egal sein. Auf deine eigene Meinung kommt es in erster Linie an. Die anderen lachen sich eins ins Fäustchen, wenn du jetzt dasitzt und die Welt nicht mehr verstehst. Glaubst du nicht?« - »Mag sein«, murmelte ich. Meine Mutter fuhr fort: »Weißt du, Tinalein, wenn man erwachsen werden möchte, muss man die Kraft finden, sich über Gemeinheiten und Ungerechtigkeiten hinwegzusetzen. Sonst ist nicht die Welt für dich da, sondern die ganze Welt spielt mit dir Ball.«
Ich bemühte mich, sie trotz meines Brummschädels zu verstehen. Ja, zum Donnerwetter, das stimmte! Hatte ich nicht gesagt, Sandra könne mir den Buckel runterrutschen? Und nun saß ich hier wie ein Häufchen Elend und heulte mir die Augen aus dem Kopf, bloß weil mein Bu-

ckel nicht breit genug für Leute von Sandras Sorte war. Hätte ich nur schon gestern den Mut gehabt, mit meiner Mutter zu sprechen, bevor ich mich vor Tim blamierte! Aber was jetzt? Wie konnte ich ihm wieder unter die Augen treten? Sollte ich alles erklären und mich von ihm auslachen lassen? Na, wenn schon! Hauptsache, er nahm mich wieder mit aufs Boot. Was er von mir dachte, war egal. Jedenfalls wusste er, dass ich ihm nicht nachlief.

Schon begann ein neuer Kloß, sich in meinem Hals breit zu machen. Erst jetzt fiel mir auf, dass Mama nicht einmal mit der Wimper gezuckt hatte, als ich das Thema Segeln anschnitt. Ich hätte die entgeisterte Frage »Was - du segelst?« oder einen Schreckensschrei erwartet. Nun war es an mir, erstaunt zu fragen: »Sag mal, wusstest du das mit dem Segeln schon?«

Meine Mutter lachte: »Du meinst, weil ich gar nicht protestiert habe. Ja, mein Schatz, ich wusste es bereits, aber erst seit gestern. Mir wäre es zwar lieber gewesen, ich hätte diese Neuigkeit aus dem Mund meiner Tochter erfahren, aber das war ja wohl nicht möglich, oder?« Ich nickte beschämt. »Doch, ich wollte es dir sagen, aber ich dachte, du regst dich auf.« Mamas Empörung schien gespielt, obwohl sie zugab, dass sie nicht allzu begeistert war. »Auf alle Fälle siehst du doch, wie gelassen deine ängstliche Mutter geblieben ist, oder hab ich ein Wort gesagt?«

»Nee, hast du nicht!«, gab ich zu. »Aber woher weißt dus denn nun?«

In der Tat hatte meine Vorahnung sich bestätigt. Meine »beste Freundin» war mit dem harmlosesten Gesicht der Welt nachmittags erschienen, um mir ein paar geliehene Bücher zurückzubringen. Nebenbei hatte sie dann meine Mutter über mein neues Hobby und meinen neuen Freund aufgeklärt.

So eine Gemeinheit! Jetzt stand es schon drei zu null für Sandra. In mir brodelten finstere Rachegedanken. Wütend trommelte ich auf der Stuhllehne herum.

»Ich weiß nicht, warum du dich aufregst, Kind«, fing meine Mutter wieder an. »Allmählich solltest du gemerkt ha-

ben, wie gehässig liebe Mitmenschen sein können. Deine Sandra ist wohl eifersüchtig. Jungs wie Tim Schüler gibts schließlich nicht wie Sand am Meer.«
Mir blieb die Luft weg. »Äh - wieso ... Kennst du ihn?«, war das Einzige, was ich herausbrachte.
Mama musste lachen. »Das ist doch hoffentlich nicht verboten?« Ihre Augen blitzten schelmisch. »Wenn du wüsstest, was für ein niedliches Baby dein Tim war.«
Ich japste: »Nun machst du dich auch noch lustig über mich.« - »Aber Tina, ich mache mich nicht lustig über dich. Ich kenne Tim schon als ganz kleinen Burschen. Seine Mutter und ich waren in einer Klasse. Wir haben damals viel zusammengehockt und trafen uns sogar noch, als wir beide verheiratet waren. Durch unsere Familien haben sich die Wege getrennt. Schülers waren eine Zeit lang im Ausland, und jetzt, wo sie wieder hier sind, habe ich sie kaum gesehen.«
»Hättest mir mal was sagen können«, murrte ich. »Der Algie kennt dich doch bestimmt.« - »Naja, deswegen hab ich dir gerade nichts davon erzählt. Das verstehst du sicher!«, meinte meine Mutter. Erwachsene haben merkwürdige Ansichten. Tim würde gucken, wenn ich ihm erzählte, dass meine Mutter ihn schon als Baby kannte. Den Gedanken fand ich total komisch; ich musste lachen.
»Na, siehst du, Tina«, freute sich meine Mutter, »die Welt ist doch nicht so verkehrt, was?« Ich umarmte sie liebevoll. »Du bist wirklich die Beste!«, flüsterte ich ihr ins Ohr.
Aber noch war nicht alles geklärt. Noch war ich Tim Rechenschaft wegen der patzigen Antwort schuldig. Ich konnte doch nicht einfach freudestrahlend am Steg erscheinen und so tun, als ob nichts gewesen wäre, auch wenn meine Mutter dies für das Vernünftigste hielt. Ich brachte es nicht fertig.
»Dann wirst du abwarten müssen, bis Tim sich meldet!«, stellte Mama nüchtern fest. Kleinlaut fragte ich: »Meinst du, das tut er?« - »Aber klar! Warts nur ab!«, war die zuversichtliche Antwort. Mütter sind manchmal unglaublich naiv!
In den Pausen schielte ich sehnsüchtig in alle Ecken des Schulhofs. Kein Tim! Nach der sechsten Stunde bummel-

te ich als Letzte durch die Schultür. Kein Tim! In Bad Wildungen begegnete ich Leuten, die ich seit Ewigkeiten nicht getroffen hatte. Aber nicht Tim! Und der See lag in unerreichbarer Ferne. Und mit ihm Tim!
Ich litt. Meine Mutter versuchte, mich aufzumuntern, meinte, ich solle ruhig zum Steg gehen. Terry schlug den Weg zum See ein, aber ich rief ihn zurück. Ich konnte nicht, auch wenn ich gewollt hätte.
Am Mittwoch lag neben meinem Teller ein Brief. Unbekannte Schrift. Kein Absender. Mein Herz klopfte sehr schnell. Zögernd riss ich den Umschlag auf. Ich weiß nicht, was ich erwartete. Jedenfalls war es eine Drucksache. Für mich? Mein Herz schlug wieder normal. Drucksachen waren nie aufregend. Diese kam vom Segelclub. Einladung zur Regatta am nächsten Wochenende. Unterschrift unleserlich. Vereinsstempel.
Wütend knüllte ich den Bogen zusammen. Die wollten mich wohl foppen! Aber warum schickten sie ausgerechnet mir eine Einladung? Noch dazu mit vollem Briefporto. Geldverschwender! - Da entdeckte ich den Zettel. In derselben Schrift wie auf dem Umschlag stand darauf:
Hallo Tina, hast du Zeit und Lust zu deiner ersten Regatta? Näheres siehe Zettel. Sage mir bitte bis spätestens Mittwoch 16.00 Uhr Bescheid (Anmeldetermin). Tel. 5 15 47. Gruß Tim. PS. Sag bloß nicht ab!
Ich fiel erst meiner Mutter, dann meinem Vater so stürmisch um den Hals, dass Paps bat, am Leben bleiben zu dürfen. »Könnte ich bitte eine Erklärung für diesen Sturmangriff bekommen!«, sagte er mit ernster Miene, aber seine Augen lachten verräterisch. Anscheinend hatte Mama gepetzt! Na, heute wars mir recht. Doch ich erklärte nur das Notwendigste - und das so strahlend, dass ich meine Stimme bändigen musste. Am liebsten hätte ich alles auf einmal herausgesprudelt.
»Hübsch der Reihe nach, Engelchen!«, beruhigte mich Paps. »Sonst verstehe ich bloß die Hälfte!« Seine Augen leuchteten vor Begeisterung. Segeln war ja immer sein Jugendtraum gewesen, er hatte nur leider nicht allzu oft Gelegenheit gehabt, ihn zu verwirklichen. Ich merkte ihm an, wie stolz er war, weil nun seine Tochter die gleiche

Begeisterung zeigte.
Mama warf einen Blick auf die Uhr. »Los, Tina, Zeit wirds! Erzählen kannst du hinterher. Jetzt marsch ans Telefon, sonst verpasst ihr den Anmeldetermin!«
Dass ich mich vor Aufregung zweimal verwählte und vor Ungeduld beinahe platzte, als weitere zweimal das Besetztzeichen in mein Ohr quäkte, kommentierte Paps mit den Handbewegungen eines Schlangenbeschwörers. Ich kicherte, als ich endlich Anschluss bekam, meinen Namen in die Muschel und musste mich beherrschen, um nicht loszuprusten. So merkte Tim nicht, wie ich vor Aufregung zappelte. Er schien es für das Selbstverständlichste der Welt zu halten, dass ich zusagte. Und das war es auch.

Im 7. Kapitel erlebt Tina:
eine totale Flaute,
Regattafieber,
einen verfressenen Käptn,
ein großes Lob,
Seemannsgarn,
ein Lagerfeuer
und eine Sternschnuppe.

Am Samstag um 14 Uhr sollte der Startschuss fallen. Wir hatten uns um halb zwei am Steg verabredet. Ich war überpünktlich und schrecklich kribbelig.
»Keine Panik!«, sagte Tim zur Begrüßung. »Bei einer Regatta gehts leicht schief, wenn man mit seinen Gedanken herumschwirrt.« - Hatte der eine Ahnung! Ich würde aufpassen wie noch nie!
»Ein guter Vorschoter ist Gold wert!«, fuhr er fort. »Wenn wir auch nicht die Ersten werden, die Letzten beißen bekanntlich die Hunde!«
»Ay, ay, Käptn!« Tim lachte. »Mast- und Schotbruch!« - »Und immer eine Handbreit Wasser unterm Kiel!«, vollendete ich. Damit waren die Formalitäten beendet.
Jetzt musste die »Nixe« regattafit gemacht werden. Der Wind war toll! Gleichmäßiger Ostwind, anscheinend wenig böig. Dazu strahlender Himmel über den Bergen, betupft mit winzigen schneeweißen Wölkchen. Ein Wetter wie geschaffen für meine erste Regatta. Lange vor dem Startschuss hatten wir die Segel oben und kreuzten mit vielen anderen Booten auf dem See herum. Was für ein Gewimmel! Noch nie hatte ich auf unserem Edersee so viele Segel gesehen. Vom Ufer aus würde es ein herrlicher Anblick sein. Hier auf dem Wasser war es ein heilloses Durcheinander. Tim musste wahnsinnig aufpassen, um sein Schiff heil durchs Gewühl zu manövrieren. Dau-

ernd brüllte jemand: »Raum!« - Genau zehn Minuten vor dem Start hörte ich den ersten Schuss. »In fünf Minuten gibts den zweiten!«, erklärte Tim. »Und eine Minute vorher hupen die da draußen auf dem Startschiff.« Ich sah zu der Yacht hinüber, mit der die Regattaleitung mitten im See vor Anker lag.

»Noch fünf Minuten bis zum ersten Startschuss!«, tönte es durch den Lautsprecher. Wir hielten uns möglichst dicht vor der unsichtbaren Startlinie. Ich fieberte dem Knall der Pistole entgegen.

Da, endlich, ich zuckte zusammen, aber schon hatte Tim das Ruder herumgelegt, und ab gings in rascher Fahrt auf die erste Boje zu. Der Wind war wirklich günstig. Wir konnten »hart am Wind» segeln, ohne viel zu kreuzen. Bald hatten wir den schaukelnden orangefarbenen Ballon umrundet.

Allmählich ließ mein Regattafieber nach. Ich sah zu Tim hinüber. Er schien die Ruhe in Person.

Um so überraschter war ich, als er sagte: »Übrigens darfst du nicht böse sein, wenn ich dich mal ein bisschen anmotze. Bei ner Regatta gehts rau zu. Ist nicht persönlich gemeint.«

»Wenns zu kriminell wird, springe ich über Bord!«, verkündete ich.

»Könnte dir so passen! Keiner verlässt das Schiff! Meuterer werden an die Krokodile verfüttert.« - »Ay, ay, Käptn!«

Tim sollte wenig Grund zur Kritik haben. Ich würde aufpassen wie ein Schießhund. Für lange Höflichkeitsfloskeln ließ einem der Wind sowieso keine Zeit. Der Ton auf dem Wasser war nie sanft, daran hatte ich mich gewöhnt.

Inzwischen löste sich das Feld auf. Die »Nixe« lag mit einigen Jollen an der Spitze. Hinter uns sahen wir die Boote aus den anderen Klassen starten. Ein gutes Stück vor uns kreuzten Marco und Jens aus der 11. Klasse.

»Die werdens schaffen!«, meinte Tim. »Sind richtige Spezies und mehrfache Regattasieger. Ehrgeizig bis zum Platzen!«

Wir brauchten nicht viel zu tun. Unsere »Nixe« schien von allein übers Wasser zu gleiten. Wir machten gute Fahrt, ohne dass wir uns dafür anstrengen mussten. Trotzdem

konzentrierte ich mich völlig auf die Fock und aufs Wasser. Jede kleine Bö kündigte ich an. Tim schmunzelte über meinen Eifer. Sicher hatte er das leichte Kräuseln längst gesehen, das von weitem deutlich auf der Wasseroberfläche zu erkennen war und immer näher herankam, bis die Bö in die Segel einfiel.
Die Zeit flog rasend schnell dahin. Schon lagen alle drei Bojen hinter uns, und wir konnten mit der zweiten Runde beginnen. Am Ufer entdeckte ich unter den Zuschauern meine Eltern mit Terry, der aufgeregt hin- und herhopste. Am liebsten hätte ich ihnen zugewinkt. Aber was sollte Tim denken? - Für Gefühlsduseleien war hier nicht der richtige Ort.
Ich blinzelte nur ab und zu verstohlen zum Ufer hinüber.

»Guck dir deinen Terry an!«, sagte Tim plötzlich. »Der ist ganz aus dem Häuschen!«
»Hörst dus nicht? - Er bellt: *Nixe*, *Nixe*! ...«, lachte ich.
Tim tippte sich an die Stirn. »Bisschen viel Sonne heute?« - »Was verstehst du von Hunden, Seemann!«, verwies ich ihn.
Auf alle Fälle spürte Terry das Besondere. Tim hatte immer noch nicht gemerkt, wie gescheit mein Hundevieh war.
Drei Boote lagen vor uns, als wir in den dritten Durchlauf gingen. Der Wind hatte nachgelassen. Wir würden kaum weiter nach vorn kommen. Tim konzentrierte sich angespannt. Seine Kommandos kamen kurz. Ich antwortete ebenso knapp. Sonst hielt ich den Mund, um ihn nicht abzulenken. Er manövrierte so genau wie möglich. Der Abstand zu den anderen Booten verringerte sich.
Bei Boje 2 lagen wir an dritter Stelle. Tims Spannung steckte mich an. Gebannt verfolgte ich seine Handgriffe und versuchte, meine Fock so zu bedienen, dass ich seine Manöver unterstützte. Diesmal erschien mir die Zeit bis zu Boje 3 endlos. Dann hatten wirs geschafft! Um Bootslänge überquerten wir die Ziellinie als Zweite in unserer Klasse. Als der Schuss fiel, löste sich die Spannung. Das war mehr, als wir zu hoffen gewagt hatten. Nun mussten wir am nächsten Tag noch zwei Wettfahrten segeln. Erst am Sonntagnachmittag würde die Entscheidung fallen. Aber ein guter Start war wichtig.
Tim begrüßte meine Eltern in Siegerlaune. »Ihre Tochter ist ein klasse Vorschoter!«, verkündete er strahlend. Ich glühte vor Stolz.
Endlich hatten wir Zeit, die anderen Boote zu beobachten. Vom Ufer aus war das Bild ganz anders, als wenn man mitten im Strom der weißen und bunten Segel dahinglitt. Ein faszinierendes Bild!
»Ich kann deine Begeisterung verstehen«, gab Mama zu. »Es muss herrlich sein!« - »Sie sollten mit im Boot sitzen!«. Tims Augen sprühten vor Begeisterung. »Da müsste ich zehn Jahre jünger sein!«, lachte meine Mutter. »Aber den da könnt ihr sicher mal als blinden Passagier mitnehmen!« Sie nickte Paps zu, der seine Augen kaum

von den vielen Segeln abwenden mochte.
»Machen wir doch!« Von Tim aus hätte es gleich losgehen können. »Aber lieber als Bootsmann; Passagiere sind an Bord nur unnützer Ballast.« Paps versprach, bei der nächsten Gelegenheit anzuheuern. Meine Aufregung war einer strahlenden Laune gewichen. Mit einem so guten Start meiner ersten Regatta hatte ich nicht gerechnet.
»Na, Tina«, meinte Tim, als er mein zufriedenes Gesicht sah. »Das war doch ein gelungener Auftakt. Ist ein tolles Gefühl, bei einer Regatta mitzusegeln, was? - Hoffentlich haben wir morgen auch Glück mit dem Wind. Sieht kaum so aus, als wollte sich das Wetter ändern.«
»Schön wärs!« Das war Marco. Er hatte - wie erwartet - in unserer Bootsklasse den Ersten gemacht. Gegen seine Jolle hatten wir keine Chance. »Morgen Nachmittag solls Gewitter geben«, meinte er lässig, so als wären Blitz und Donner zur Untermalung einer Regatta reine Nebensache.
»Na, Prost Mahlzeit!«, war Tims Kommentar. »Aber immer noch besser als Flaute!« Ich schluckte und wünschte mir hundert Flauten statt eines einzigen Gewittersturms. Tim musste mein Unbehagen gespürt haben.
»Mach dir keine Gedanken! Wetterberichte stimmen immer erst für den übernächsten Tag.« - Das beruhigte mich ein bisschen. Marcos spöttisches Gesicht übersah ich. So ein Affe! Als ob ich Angst hätte! Außerdem würde Tim nicht so versessen auf die Regatta sein, um bei Gewitter weiter zu segeln.
Ich bemühte mich, cool auszusehen. Marco sollte sich nichts einbilden - immerhin war er Experte und ich Anfänger! Aber wir würden es ihm zeigen! Insgeheim malte ich mir aus, wie die »Nixe« um Ruderlänge vor einer gewissen anderen Jolle über die Ziellinie lief und ich großmütig zu dem geschlagenen Marco hinüberwinkte.
Inzwischen hatten auch die meisten anderen Boote die dritte Runde beendet. Es gab in den verschiedenen Klassen einige gute Ergebnisse. Ich horchte zu, wie sich die Segler unterhielten. Für sie war es die reinste Wissenschaft, und sie redeten sich die Köpfe heiß.
»Man kanns auch übertreiben!«, flüsterte Tim mir zu.

»Manche fühlen sich nicht wohl, wenn sie das alles nicht tierisch ernst nehmen können.« Ich musste lachen. Vorhin auf dem Wasser war es Käptn Tim auch nicht einerlei gewesen.

Als wir uns abends wieder am Clubhaus trafen, war das Regattafieber einer lustigen Bierstimmung gewichen. Mittelpunkt war ein ansehnliches Fässchen, vom Verein spendiert, dessen Hahn ununterbrochen auf- und zugedreht wurde. Der Mann, der davor kauerte, musste Schwerarbeit leisten und knurrte, weil er selber kaum zum Trinken kam. Vom Grill stieg eine mächtige Qualmwolke auf. Es roch verführerisch nach Bratwürstchen.

Tim hatte mich überredet, auf ein Stündchen mit rauszukommen. »Abends ist es immer urgemütlich«, hatte er mir vorgeschwärmt. »Das gehört zur Regatta dazu. Schwänzen ist verboten!« Nun stand ich etwas unsicher zwischen Tim und dem langen Jens. Verlegen nippte ich dauernd an meinem Alsterwasser. Wenn ich trank, brauchte ich wenigstens nicht zu reden. Cola wäre mir wirklich lieber gewesen. Bier schmeckte zu bitter. Was die anderen bloß

daran fanden! Sie gossen es nur so herunter. Einige kamen ganz schön in Fahrt, und das Stimmengewirr wurde immer lauter. Tim war auf einmal verschwunden. Hilfesuchend sah ich mich nach ihm um. Da kam er schon zurück! Er balancierte zwei Bratwürstchen.

»Nun stärk dich erst mal! Hab ich einen Kohldampf!« Herzhaft biss er in sein Würstchen und hatte es im Handumdrehen verschlungen. Ich kaute und schluckte. Es schmeckte lecker und war viel zu schnell alle. Als könnte er Gedanken lesen, fragte Tim: »Wie ist das mit dir, schaffst du auch noch einen von diesen Winzlingen?«

»Klar! Meine schmeckte unheimlich nach mehr«, gab ich zu.

Diesmal ließ ich mir Zeit, kaute andächtig und genießerisch, bis Tim sich erkundigte: »Na, schaffst dus? Oder brauchst du Hilfe?«

»Nicht so sehr! Aber von mir aus kannst du dir ruhig noch drei Würstchen holen, damit du nicht so gierig gucken musst, wenn andere Leute essen!« - »Na und«, wehrte sich Tim, »wenn die Biester so sagenhaft gut sind!« Erneut steuerte er in Richtung Grill. Langsam fühlte ich mich wohler in meiner Haut. Ich nahm einen großen Schluck, noch einen und noch einen. Auf einmal war mein Glas leer. So übel schmeckte das Alsterwasser doch nicht, wenn man richtig Durst hatte. Ich scheuchte Tim zum Fässchen, und er kam mit zwei leuchtenden weißen Schaumbergen angeschaukelt. »Prost Tina!«, rief er. »Auf morgen!« - »Auf das Gewitter!«, prostete ich zurück. Der Sportwart kam zu uns herüber. »Guten Vorschoter hast du dir an Bord geholt, Tim!« Er nickte mir anerkennend zu. »Willst du nicht Mitglied in unserem Club werden? Du solltest auf jeden Fall im nächsten Sommer deinen Segelschein machen. Dein Käptn wird dich bis dahin fit kriegen!« - »Aber klar, machen wir!«, antwortete Tim für mich. »Den Schein hat sie so gut wie in der Tasche.« Ich war glücklich über so viel Lob, besonders als ich Tims Augen leuchten sah. Er legte seinen Arm um meine Schulter und drückte mich ein wenig an sich. In meinem Bauch kribbelte plötzlich ein Ameisenhaufen ...

»Na, dann Mast- und Schotbruch euch beiden für morgen!« Er prostete uns zu, bevor er weiter ging. Es klang, als könnte nichts mehr schief gehen.
Ich fühlte mich schon fast wie ein erfahrener Segler. Um mich herum wurde Seemannsgarn gesponnen. Eigentümer von Kajütbooten erzählten von ihren Hochseetörns, von Windstärke acht bis zehn, von anhaltenden Flauten, von Nächten in tobender See und übertrumpften einander mit der Schilderung gefährlicher Manöver. Nur tröstlich, dass sie immer Bier und Klaren, Schwimmwesten, Angelzeug und natürlich einen Kompass an Bord hatten! Ich hörte voller Andacht zu. Toll musste das sein auf dem Meer! Ich sah mich bereits bei meinem ersten Hochseetörn, natürlich mit schweren Sturmböen. Kämpfen würden wir gegen das tobende Meer wie Klaus Störtebeker gegen seine Feinde! Tag und Nacht würden wir unter voller Besegelung fahren, natürlich mit der Sturmfock, wir selbst bis obenhin vermummt, den Südwester tief in die Stirn gezogen - Helden der Meere! Nachts müsste ich Wache schieben und den Polarstern ansteuern ...
Ich versuchte, ihn am Himmel zu entdecken, aber vor lauter Qualm konnte ich keinen Stern ausmachen. Ein paar Jungen mühten sich nämlich damit ab, ein Lagerfeuer in Gang zu bringen. Es schien zuerst nur aus Rauchwolken zu bestehen; schließlich züngelten aber doch kleine Flammen in das Holz, kletterten höher und fraßen sich in die dicken Scheite hinein, bis das Feuer hell und heiß flackerte. Magisch zog es uns an, und nach kurzer Zeit hockten alle friedlich vereint - Kajütbootbesitzer und Jollensegler - im Kreis um die aufsteigenden Funken. Irgendwoher tauchte eine Gitarre auf, und eine leise Melodie mischte sich mit dem Knistern und Knacken der Holzscheite. Die Boote unten auf dem dunklen Wasser dümpelten leise; die kleinen Wellen brachen sich an den Planken und gurgelten dumpf, übertönt vom metallischen Klingen der anschlagenden Wanten. Verzaubert von der Nacht starrten wir ins Feuer. Gelöst wirkten die Menschen, vielleicht ein wenig nachdenklich und versonnen, als müssten sie über etwas grübeln, das dort aus den Flammen hoch stieg und sich im Schwarz des Himmels

verlor. Der Widerschein des Feuers zuckte über die Gesichter wie ein wichtiger Gedanke.
Tim saß neben mir. Er starrte ins Feuer. Wie zufrieden er aussah! Er hatte die Arme um seine Knie geschlungen und stützte das Kinn nach vorn. Seine Nase zeigte unternehmungslustig nach oben. Ich musste oft zu der dunklen Gestalt mit dem hellen Profil hinsehen. Jemand stimmte an: »My bonnie is over the ocean, my bonnie is over the sea ...«. Da drehte sich das helle Profil zu mir herüber. Tims leuchtende Augen hielten meinen Blick fest. Mein Herz klopfte heftig, und die Ameisen wurden zu Nachtfaltern. Wenn nur keiner zu uns herübersah! Wie gut, dass es dunkel war! Unsere Hände berührten sich. »... and brought back my bonnie to me!«, sang Tim neben meinem Ohr.
Den Himmel konnte ich inzwischen - trotz Feuerschein und Rauch - gut sehen. Deutlich erkannte ich die Milchstraße. Ich hatte noch nie an den Unsinn mit den Sternschnuppen geglaubt. Aber wenn gerade jetzt eine fallen würde ... Ich könnte mir wünschen, dass wir morgen ...oder doch lieber... Ach, Blödsinn, ich fühlte mich wunschlos glücklich! Als ich die Sternschnuppe aufleuchten sah, war ich viel zu verwirrt, um auch nur einen klaren Gedanken zu fassen. Schon hatte das Dunkel sie verschluckt. Ich bekam fast einen steifen Hals, aber ich sah keine Einzige mehr, bis die Sterne vor meinen Augen zu tanzen begannen und ich mich wieder der Erde und unserem Feuer zuwenden musste.

**Im 8. Kapitel gibts:
zwei Küsse für Terry,
eine schwerwiegende Frage,
zweimal einen Tomatenkopf,
zweimal einen Lachkrampf
und endlich Wind.**

Am Sonntagmorgen war ich etwas benommen und hatte Schwierigkeiten, die Augen aufzukriegen. Aber Paps scheuchte mich erbarmungslos aus dem Bett:
»Los, Fockengelchen! Oder soll die *Nixe* heute ohne dich auslaufen? Es ist gleich halb acht!«, posaunte er mir ins Ohr. Das half. Wie schnell man die Füße aus dem Bett hervorwühlt, wenn man zu großen Taten geweckt wird! Als mir das kalte Wasser über den Rücken prickelte, war ich wieder voll da.
Um halb neun wollten wir uns am Steg treffen. Der Sportwart hatte uns gestern Abend um halb zwölf hoch gescheucht! »Schlaft euch aus, Leute!«, hatte er uns mit auf den Weg gegeben. »Dass mir morgen keiner mit einem Brummschädel aufkreuzt!«
Aber ein bisschen brummte mein Schädel doch. Genauer gesagt, war ich in einem recht beschwingten Allgemeinzustand. Jeder, der mir in die Quere kam, also Mama und Paps und Terry, bekam einen Kuss. Terry sogar zwei. Die Brötchen schlang ich nur mit etwas Butter hinunter, bis meine Mutter mir das Glas unter die Nase hielt und fragte: »Seit wann magst du keine Erdbeermarmelade?« Als ob solche Lappalien an einem Morgen wie diesem von Bedeutung wären! Mütter können erschreckend nüchtern sein! Schließlich flitzte ich aus der Haustür. Paps hatte diesmal Verständnis, dass ich sie nicht gerade sanft zuschlug und über die Gartenpforte kletterte, statt sie umständlich zu öffnen. Er rief mir sogar hinterher: »Mast-

und Schotbruch!« Ich schnappte mir mein Fahrrad aus der Garage und strampelte los. Bereits von meinem Bett aus hatte ich gesehen, wie die Blätter vor dem Fenster sich kaum bewegten. Mit anderen Worten: Flaute! Die Sonne stach von einem wolkenlosen Himmel. Phantastisches Hitzefrei-Wetter! Aber heute war Sonntag, und für eine Regatta konnte das Wetter nicht mieser sein. Bald klebte mein T-Shirt am Rücken. Mir war nach einer eiskalten Dusche und einem Fass Sprudel.
Zum Glück hatte Tim das Boot schon startklar gemacht. Die »Nixe« schaukelte gemächlich, träge schlug das Ruder hin und her, schlaff hingen die Segel. Vom Käptn keine Spur. Ich ließ die Füße ins Wasser baumeln. Am liebsten wäre ich hineingesprungen, so wie ich war.
Drüben an der Boje platschte etwas und bewegte sich langsam mit viel Wasseraufruhr auf den Steg zu. Mal kam ein Kopf zum Vorschein, nach halber Strecke tauchte ein Arm auf, der hin- und herwedelte. Dann erscholl ein walrossähnliches Gepruste, das mit viel Phantasie »Hallo, Tina!« heißen konnte. Das Walross entpuppte sich als Tim.
»Mensch, das ist spitze heute!«, schnaufte er schon von weitem. »Los, komm rein! Fühlst dich wie eben aus dem Ei geschlüpft!« Er zog sich an den Bohlen hoch und schüttelte sich wie ein nasser Hund.
»Ey, altes Nilpferd!«, protestierte ich. Aber es war ein freudiger Protest. Ich fand die kühlen Spritzer unwiderstehlich. Rasch schlüpfte ich aus Jeans und T-Shirt und hechtete ins Wasser, um mit neuem Rekord zur Boje zu kraulen. Hinter mir prustete es drohend. Um den tanzenden Ball herum spielten wir Kriegen. Ich wurde kräftig getaucht und rächte mich mit einem Unterwasserangriff. Dann ließen wir uns schaukeln.
»Es wird Zeit!«, scheuchte Tim uns zum Steg zurück. Auf dem Wasser erschienen immer mehr Segel. »Trostloser Anblick!«, knurrte er, während wir nebeneinander herschwammen. »Der Fachmann würde sagen: Regatta vertagt wegen extremer Flaute.«
»Denkste«, ereiferte ich mich, »das könnte dir so passen, du Faulpelz!«

»Na gut, probieren wir mal, wer am meisten Wind machen kann!«, schlug Tim vor. »Probieren überflüssig«, gab ich zurück, »der Kapitän muss alles am besten können.« - »Das sowieso!«
Die Regattaleitung beschloss, dass wir segelten. »Jeder vernünftige Mensch würde seinen Motor anwerfen!«, rief ein Mann auf einem Kajütboot, an dem unsere »Nixe« mit Leichtigkeit vorbeizog. Der schwere Kahn machte kaum Fahrt. Tim freute sich: »Eine Jolle müsste man haben!« und trällerte vor sich hin: »Eine Seefahrt, die ist lustig, eine Seefahrt, die ist schön; heute segeln wir bei Flaute, denn auch das muss man verstehn!«
Aber auch ohne Wind ist eine Regatta voll Spannung. Denn wo kein Wind ist, heißt die Parole: Mit welcher Segelstellung kommt man ohne viel Windkraft am besten vorwärts? Auch Flautensegeln will gelernt sein!
Ich hängte die Beine außenbords und paddelte mit den Händen. »Vielleicht kriegen wir so etwas Fahrt«, erklärte ich.
»Köstlich, diese Frauen!«, amüsierte sich Tim. »Am besten schwimmst du hinterher und schiebst.«
»Sehr witzig!« Tim fuhr unbeirrt fort: »Paddeln ist übrigens bei Regatten strengstens verboten!« - »Wieso?«

Wollte er mich auf den Arm nehmen? Was sollte das bisschen Paddeln ausrichten?
»Überleg mal scharf!«, begann er. »Jeder gute Segler wird bei Flaute versuchen, möglichst stocksteif zu sitzen, damit er die Bewegung seines Bootes durch nichts stört. Es gibt Experten, die nicht mal dabei sprechen.«
Das war einleuchtend. Darauf hätte ich auch von allein kommen können. Kerzengerade setzte ich mich hin und starrte schweigend voraus. »Schon recht gekonnt!«, bemerkte Tim nach einer Weile. »Mal sehen, wie lange du das aushältst!«
Wir mussten beide lachen. »Man kanns nämlich übertreiben«, spottete er. »Ein bisschen Spaß solls ja noch machen.« Und das tat es. Erstaunlich - trotz der Windstille kamen wir voran. Es dauerte zwar, trotzdem ließen wir alle drei Bojen hinter uns. Eine Weile trieben wir ohne ein Wort zu sagen dahin. Dann kam der zweite Durchlauf. Bei der Flaute würde die Regattaleitung wohl danach abblasen. Sonst könnten wir den Rest des Tages auf dem See verbringen.
»Darf man dich bei deinen tiefsinnigen Gedanken stören?« Erstaunt drehte ich mich zu Tim um. »Klar darf man das. So viel Tiefsinn war es auch nicht!« Ich hatte vor mich hingedöst, ohne an etwas Bestimmtes zu denken.
»Ich möchte nur wissen ... « Er stockte verlegen. Sah ich recht? Mein großer Käptn wurde rot wie ein Bübchen, das an Vaters Zigarettenschachtel ertappt wurde. Ich wäre jede Wette eingegangen, dass Jungen wie Tim nie rot werden. Was nun wohl folgte? Ich kam mir vor wie seine große Schwester. Aufmunternd sah ich ihn an. »Was denn wissen?«, half ich ihm.
»Ja - eigentlich nur, warum du neulich so komisch warst? Habe ich etwas Falsches gesagt?« Jetzt wars heraus. Er schien erleichtert. Die Sache musste ihm Kopfzerbrechen gemacht haben. Warum hatte er sich bisher nicht getraut, mich zu fragen? Sonst nahm er nie ein Blatt vor den Mund!
Erst allmählich dämmerte mir, wie schwer seine Frage zu beantworten war. Lieber Schreck, ausgerechnet *das*

musste er aufwärmen! Jetzt fühlte ich, wie mir das Blut bis in die Stirn hoch stieg. Meine Gedanken schlugen Purzelbäume - ich brachte es nicht fertig, sie in Reih und Glied aufzustellen. Ich atmete tief durch. Sollte ich ihm nicht am besten jetzt die ganze blödsinnige Angelegenheit erzählen? - Ich versuchte, mir sein spöttisches Grinsen vorzustellen. Schon die Idee war zu viel. Ich fühlte mich jämmerlich.
»Entschuldige!«, murmelte Tim. »Ich meinte bloß ... Ich wollte dich nicht ausquetschen, aber es hätte doch was Wichtiges sein können.« Dann schwieg er unsicher. Ich hatte irgendwo auf einen Fleck im Wasser gestarrt, aber nun schaffte ich es, ihn anzusehen. Seine Augen waren kein bisschen spöttisch, nur fragend. Da redete ich einfach drauflos, zuerst unsicher und stockend, doch allmählich steigerte ich mich so in die ganze Geschichte hinein, dass ich beinahe vergaß, vor wem ich meinem Ärger Luft machte. Tim hörte schweigend zu. Er sagte nicht »Hm!« und auch nicht »Aha!« und auch nicht »Ach so ist das!« Er hörte nur zu. Dabei konzentrierte er sich angestrengt auf die Segel, als erwartete er jeden Moment eine Sturmbö. »Jedenfalls könnte ich Sandra in der Luft zerreißen!«, schloss ich heftig und holte tief Atem. Das hatte erleichtert! Was Tim sagen würde, war nicht mehr so wichtig. Sollte er ruhig grinsen - das ging vorbei!
Er tat es auch, aber erst nach einer Weile. Und dabei wirkte er gar nicht spöttisch, sondern eher übermütig. »Tus nicht!«, lachte er. »Spar dir deine Kräfte für die Fockschot auf!« Seine Augen blitzten unternehmungslustig.
»Weißt du was?«, sagte er schließlich. »Ab morgen soll die liebe Sandra Grund haben Mund und Augen aufzureißen.«
Was meinte er nur?
»Guck nicht so intelligent!«,wies er mich zurecht. Seine Stimme wurde wie die von Thomas Gottschalk bei »Wetten dass«.
»Verehrte Zuschauer«, deklamierte er und warf sich in die Brust. »Ab morgen, Montag, den 01. Juli, werden Sie die Superschau der Saison verfolgen können: Tim und

Tina, die Unzertrennlichen! - Pass auf, wir machen einen auf ganz innig! Deine Weiber kriegen sich nicht wieder ein!« Er bog sich vor Lachen.
»Ja - aber ... «, platzte ich völlig überrumpelt heraus. »Wieso aber? - Passt es dir nicht?« - »Doch, aber wir sind doch nicht...«, stotterte ich.
Tim wurde ernst, und mit fester Stimme sagte er: »Findest du nicht, dass wir ziemlich gut zusammenpassen?« Ich schnappte nach Luft und starrte ihn an. Unsicher erwiderte er meinen Blick und murmelte: »Äh - ich weiß natürlich nicht, ob du überhaupt möchtest ... « - »Äh ja, ... natürlich möchte ich ... « Ich wusste nicht, was ich sagen sollte. Es kam alles so plötzlich, und ich war noch immer ziemlich aus dem Gleichgewicht. Aber dann fand ich das Ganze so verrückt, dass ich losplatzte. Tim musterte mich verwirrt, bevor auch er zu lachen anfing. Wir steckten uns gegenseitig an, bis uns dicke Lachtränen über die Wangen kullerten.
Der Himmel war postkartenblau. Kleine, zerrupfte weiße Wölkchen kletterten hinter den Bergen herauf und schwebten uns entgegen. Die »Nixe« glitt sacht auf sie zu, als wollten wir sie mit der Mastspitze aufspießen und uns von ihnen tragen lassen bis ans Ende der Welt. Auf einmal war alles leicht und wunderschön. Tim mochte mich - und ich mochte Tim!
Seine erschreckte Stimme holte mich aus dem Himmel zurück: »Mensch, Tina, wir sind total abgefallen!« Erschrocken blickte ich mich um. Tatsächlich, weit vor uns umrundeten Marco und Jens die Boje. »Son Mist!«, schimpfte ich. »Ist alles meine Schuld!«
»Ist nicht so wichtig!«, lenkte Tim ein. - Na gut, über Bord mit den Sentimentalitäten und harten Seglereinsatz gezeigt! Die »Nixe« schien auf einmal zu schweben.
»Wow, wir kriegen Wind!«, jubelte Tim hinter mir. »Der Wind, der Wind, das himmlische Kind!«, sang ich und packte meine Schot fester, denn wahrhaftig, die »Nixe« machte zunehmend Fahrt. Unser Großsegel stand wieder stramm. Ohne die Regatta hätten wir uns zwar bei diesem leichten Lüftchen gar nicht die Mühe gemacht, Segel zu setzen, aber alles ist relativ. Im Moment meinten

wir, mit Windstärke sechs vorwärts zu schießen.
Als wir die Startlinie zum dritten Durchlauf überqueren wollten, gab die Regattaleitung das Zeichen zum Abbrechen. Schade! Von mir aus hätte es bis abends weitergehen dürfen. Tim brummte jedoch zufrieden:
»Haben verdammt recht. Ist kein Dauerzustand so was. Der Mensch muss auch mal was Essbares sehen. Ist schon gleich zwölf. Kohldampf hab ich für ne ganze Schiffsbesatzung!«
»Fress-Sack!«, entgegnete ich liebenswürdig. »Kohldampf« war anscheinend eine von Tims Lieblingsvokabeln. »Na und!«, entschuldigte er sich und rieb sich den Bauch. »*Ein* Hobby muss der Mensch haben. Wenn ich erst mal fünfzig bin, habe ich wenigstens was, um meine Anzüge auszufüllen.«
»Oder du bist vorher geplatzt!«, verbesserte ich seine Zukunftsvisionen, was mir einen strafenden Blick einbrachte.
O Mann! Um ein Haar hätte ich den Steg verpasst. Ich erwischte noch einen Poller und renkte mir fast die Arme aus, um uns ranzuziehen.
»Und das bei Flaute!«, hörte ich Tim stöhnen. »Da hab ich mir vielleicht was an die Fock geholt!« Obwohl ich mir Mühe gab, zerknirscht auszusehen, konnte mein Super-Anlegemanöver meine Bombenstimmung kein bisschen erschüttern. Übermütig kicherten wir weiter, bis Tim plötzlich rief: »Mensch, wir sind Trottel!«
»Wieso?«, fragte ich erstaunt. »Na, hast du vielleicht aufgepasst, an welcher Stelle wir liegen?«, war die vorwurfsvolle Gegenfrage.
»Nee, eigentlich nicht!«, gab ich kleinlaut zu. »Ich dachte doch, wir müssen erst noch segeln.«
»So ein Mist! Jetzt dürfen wir warten, bis die mit ihrem Startschiff zurückkommen, damit wir unsere Zeit erfahren! Das kann noch ne halbe Stunde dauern, bis alle durch sind.« - »Unmöglich!«, seufzte ich mit Leidensmiene. »Bis dahin ist einer von uns verhungert.« Aber wir brauchten nicht zu warten. Als wir die Segel fest gemacht hatten, kam Marco über den Steg geschlendert.
»Ihr habt wohl den Zweiten abonniert?«, meinte er lässig.

»War trotz Flaute ne ganz beachtliche Zeit. Ich schätze, ihr seid kaum schlechter als wir.«
»Und wer liegt auf dem Dritten?«, rutschte es Tim heraus.
»Hast wohl wieder die Augen zu viel an der Fock gehabt!«, spöttelte Marco. »Naja, weil dus bist: Hinter euch ist die *Möwe* von Hannes.« - »Bistn altes Ekel! Aber trotzdem besten Dank für die Auskunft!«
Vergnügt blinzelten wir uns zu. Schon wieder den Zweiten! Ob wir ihn halten würden?

Im 9. Kapitel wird:
der Wind aus dem Dornröschenschlaf gerissen, zu einem Lüftchen, zur Superbö und schließlich zu Sturmböen;
Tina geweckt, eine Zeit lang zum Steuermann, angenehm träge und faul und schließlich noch mal zappelig vor Aufregung;
Tim seinen Hut los, putzmunter, ganz irre und schließlich unruhig.

Inzwischen fühlte ich mich als alter Regatta-Hase. Eigentlich passte Hase ja nicht, »Möwe» wäre besser. Alte Regatta-»Möwe»! Ich redete beim Mittagessen wie ein Buch, musste meine Eltern zwischen Hähnchenschenkeln, Salat und Pommes in die Theorie des Segelns, besonders des Flautensegelns einführen und ermahnte sie, uns am Nachmittag auf keinen Fall im Stich zu lassen.
»Das steht fest auf dem Programm, Engelchen!«, beruhigte mich mein Vater. »Aber nun vergiss bloß nicht vor lauter Begeisterung das Kauen. Sonst klappst du deinem Käptn wegen Unterernährung zusammen, ehe ihr die erste Wende hinter euch habt!«
Brav schluckte ich den letzten Bissen herunter.
»Keinen Nachtisch?«, wunderte sich meine Mutter, als ich den Stuhl zurückschieben wollte. Ich setzte mich noch einmal und löffelte mein Schokoeis. Danach gab es kein Halten mehr.
»Bis nachher! Und haltet uns die Daumen!« Und weg war ich. Terry kläffte enttäuscht hinter mir her. Armer Kerl, wie sollte er begreifen, warum ich ihn schon wieder mit Paps und Mama allein ließ! Morgen würde ich alles wieder gut machen, Ehrenwort!
Nur wenige Segler waren mittags nach Hause gefahren. Einige hatten sich am Ufer im Schatten der Bäume und

Büsche niedergelassen, andere klapperten in ihren Kajüten mit schmutzigem Geschirr oder sonnten sich an Deck ihrer Boote. Ein paar Jungen planschten im Wasser. Am Strand kläffte ein winziger Terrier mit einem Spaniel um die Wette. Ein Baby quäkte. Doch die wenigen Geräusche wurden von der Mittagsglut verschluckt. Wasser, Wind, Segel, Menschen - alles schien im Tiefschlaf versunken. Echte Flautenstimmung! Tim ließ sich wohl mehr Zeit beim Mittagessen. Er war noch nirgends zu sehen.

Ich streckte mich der Länge nach auf den Planken aus. Wie blau der Himmel war! Die kleinen Wolken bewegten sich kaum. Eine sah aus wie Terry, wenn er sich auf dem Teppich zusammenrollte. In eine andere konnte man einen Bären mit zu groß geratenen Ohren hineinsehen. Wenn ich blinzelte, erkannte ich ein großes Monster mit überdimensionalem Kopf, drolligen Augen und winzigen Beinen. Es streckte mir seine Zunge heraus, rollte sie zu einem Kringel und rief mir zu: ...

»Hallo, Tina! Klasse, dass du schon da bist!« Ich blinzelte. »Hab ich dich geweckt? Tut mir Leid!« Ich schaute wohl ziemlich benommen in die Gegend. Tim musste lachen.

»Ich hab mich gerade mit einer Wolke unterhalten!«, entschuldigte ich mich. Tim sah mich an, als sei er aus allen Wolken gefallen. Der Ärmste! Er glaubte sicher, ich sei übergeschnappt. Lachend zeigte ich ihm die Wolke. Mittlerweile sah sie aus wie ein Kaninchen.

Nach und nach hatten sich die Segler hoch gerappelt. Träge machten sie sich an ihren Booten zu schaffen. Nur Wind und Wasser lagen noch im Dornröschenschlaf.

»Teil drei der Regatta fällt aus wegen zunehmender Flaute!«, tönte es vom Nachbarboot herüber. Tim zeigte zum Himmel. »Sieht eher aus wie die Ruhe vorm Sturm.«

Es war ungewöhnlich schwül. Kleine Gewitterfliegen krabbelten auf der Haut. Über Schloss Waldeck türmten sich weiße Wolken.

»Bis sich da was tut, sind wir alle längst durchs Ziel!«, meinte unser Nachbar. »Hoffentlich!«, murmelte ich. »Segeln wir auch bei Gewitter?« Meine Stimme klang

nicht sehr mutig. Aber Tim beruhigte mich:
»Keine Bange! Da wird die Regattaleitung vorher abbrechen. Letzten Sommer sind bei ner Regatta in einer einzigen Gewitterbö fünf Boote gekentert. Da mache ich lieber rechtzeitig Feierabend.«
Ich hoffte sehr, meine erste Regatta würde nicht im Gewittersturm enden - obwohl ich auch die Flaute satt hatte. Bisher war doch alles so gut gelaufen. »Wird schon schief gehen!«, sagte ich betont munter, aber in der Magengegend war mir etwas mulmig.
Wir setzten Segel. Ein Junge half uns, die »Nixe« vom Steg abzustoßen. Mühsam manövrierten wir sie ein Stück aufs Wasser hinaus. Das weiße Tuch hing schlaff herunter.
»Machen wir mal eine Ruderregatta!«, unkte Tim. »Die Idee!«, stimmte ich zu. »Dann lass mich aber bitte an die Pinne!«
»Nix, Fockaffe!«, protestierte Tim. »Da gehört der Bootsführer hin.«
Plötzlich hörten wir den lauten Ruf: »Leute, es kommt Wind!« Einen Augenblick später bauschten sich unsere Segel. Es war kaum der Rede wert, aber inzwischen hatten wir gelernt, uns über das leiseste Lüftchen zu freuen.
»Gemütliche Angelegenheit!« Tim lehnte sich bequem gegen die Bordwand und zog die Knie an. »Übrigens, war das ein Wink mit dem Zaunpfahl? Willst du mal ans Ruder?«, fragte er. »Wenn du keine Angst hast, dass ich zu viel Mist fabriziere, gerne!«
»Naja«, überlegte er, »bei ner Regatta ist das eigentlich nicht erlaubt. Aber du kannst meinen Hut aufsetzen, da fällts von weitem wohl keinem auf. Stellen wir uns eben einfach dumm, okay?«- »Da brauchen wir uns ja nicht besonders anzustrengen!«, lachte ich.
Begeistert nahm ich seinen Vorschlag an. Es konnte nicht viel schief gehen, er würde die Augen mit auf dem Großsegel haben. Und wirklich, er passte auf wie ein Luchs. Mir wars recht, denn schließlich sollte das unsere letzte Runde sein. »Fehlt nur noch ne Tasse Kaffee und ne Zigarette!«, rief Marco zu uns herüber. »Wenn dir damit gedient ist?«, gab Tim zurück. »Fang auf!« Dicht neben

Marcos Boot klatschte die Zigarettenschachtel aufs Wasser. Lustig tanzte sie im Kielwasser der davongleitenden Jolle.
»Pech aber auch!«, ärgerte sich Tim. »Ich hätte zu gern sein dummes Gesicht gesehen. War nämlich leer.« Ich lachte: »Sehr intelligent guckt er auch so nicht hinterher.« Ich hatte Tim noch nie rauchen sehen.
»Sag mal, Tina, rauchst du eigentlich?«
»Manchmal!«, schwindelte ich ein bisschen. Ich konnte an dem beißenden Geschmack nichts finden. Aber neben den anderen kam ich mir ohne diesen qualmenden Strohhalm wie ein Baby vor, Grund genug, hin und wieder eine mitzurauchen. Allerdings paffte ich nur, damit ich nicht husten musste. Ein Mitschüler hatte einmal zu mir gesagt: »Du, das ist aber eine Zieh-garette, keine Paffgarette!« Doch das brauchte ich Tim nicht auf die Nase zu binden. Er war schließlich älter als ich.
»Ich hab das Zeug eigentlich nur zum Angeben dabei!«, tönte seine Stimme in meine Gedanken hinein. »Wer nicht raucht, wird nicht für voll genommen - aber wenn ich ehrlich bin, schmeckt mir Kaugummi besser. Außerdem hälts länger, und man mieft nicht aus allen Knopflöchern.«
Meistens schmatzten wir an Bord um die Wette. Käptn Tim zauberte immer neue Vorräte aus seinen Hosentaschen hervor und teilte redlich. Demnächst würde ich eine Runde stiften.
Sehr langsam zog der Strom der weißen Segel vorwärts. Die Boote waren offenbar von der Flautenstimmung angesteckt und hatten keine Eile, die erste Boje hinter sich zu bringen. Das Feld lag noch dicht zusammen. Von der Spannung, mit der wir die Regatta begonnen hatten, war im Augenblick nichts zu spüren. Wir dösten, benommen von der Mittagsschwüle. Ich fühlte mich angenehm träge und faul.
»Eine Hollywoodschaukel wäre nicht das Schlechteste!«, gähnte ich. »Steck mich ja nicht an!« Auch Tim hatte Mühe, den Mund nicht zu weit aufzureißen. »Denk dran: letzte Runde! Den Zweiten müssen wir schaffen!« - »Und wie ich dran denke!«, versicherte ich eifrig. »Ich kann dir bloß

zur Zeit nicht mit mehr Einsatz dienen!«

»Kannst du doch!«, tönte es von der Fock. »Fier mal ein bisschen auf, Steuermann, bist zu hart am Wind.« Gehorsam änderte ich den Kurs und lockerte meine Schot. Die »Nixe« nahm Fahrt auf. Wenn doch irgendwelche geheimnisvollen Unterwasserströme uns mit unsichtbaren Kräften zur Boje zögen! Es war wie verhext: Marcos »Klabautermann« lag schon ein beachtliches Stück vor uns.

»Ich glaub, die haben einen Geheimmotor!«, brummte ich. »Scheint so!« Tim bekam Sorgenfalten. »Ich muss wohl erst mal richtig segeln lernen.«

»Kann sich alles noch ändern!«, tröstete ich. »Es ist noch meilenweit bis zum Ziel.«

»Schlimm genug!«, knurrte Tim mit einem Blick zum Himmel. »Schreck, lass nach!«, entfuhr es mir. Vor einer Viertelstunde waren es schneeweiße Wolkenhügel gewesen, inzwischen wuchsen schmutziggraue Berge am Horizont.

»Sieht nach Gewitter aus!«, bemerkte Tim trocken. Das hätte mir gerade gefehlt!

»Keine Panik!«, beruhigte er mich, als er merkte, wie ich unruhig hin- und herrutschte. »Das kann noch dauern. Muss auch nicht hierher ziehen.«

»Optimist! Gewitter sollen die dumme Angewohnheit haben, gegen den Wind zu ziehen. Frag mal deinen Verklicker, was er dazu meint.« Das, was man als Brise bezeichnen konnte, kam genau von Südwesten.

»Dann kriegen wir den richtigen Wind!« Tim wurde putzmunter. »Sollst mal sehen, das gibt noch ne Regatta mit Pfeffer!« Ich schüttelte mich - trotzdem steckte mich seine Unternehmungslust an. Gespannt beobachteten wir das Wolkengebirge. Die erste Boje hatte ich möglichst nah umrundet. Jetzt hieß es kreuzen.

»Versuch mal, bisschen in Schwung zu kommen, sonst verlieren wir Zeit!«, kommandierte mein Vorschoter nach achtern, als ich zur ersten Wende ansetzte. »Leg das Ruder nicht so hart um!«, kritisierte er. Ich merkte, wie es ihm in den Fingern kribbelte. Und obwohl ich mir bei den folgenden Wenden Mühe gab, das Boot schnell und doch

weich herumzuführen, dauerte es nicht lange, bis Tim mich wieder an die Fock schickte. Erleichtert kroch ich nach vorn, froh, ihm mit Pinne und Hut auch die Verantwortung in die Hand zu drücken. Wenns brenzlig würde, fühlte ich mich an der Fock wohler.

Als wir uns der zweiten Boje näherten, frischte plötzlich der Wind auf. Endlich! Wie auf Kommando erwachte alles um uns herum. Man merkte wieder, dass hier Regatta gesegelt wurde. Tim peilte ständig zum Verklicker hoch. »Keine klare Linie hat das Ding! Dreht dauernd!«, schimpfte er. Auch die anderen schienen Schwierigkeiten zu haben. An Boje 2 gab es ein ziemliches Durcheinander. Wir waren einem »Zugvogel« dicht auf den Fersen, als sich ein »Korsar« in Luv neben uns schob und uns buchstäblich den Wind wegnahm. »Mist!«, fluchte Tim. »Wir hatten so gute Fahrt!« Unsere Wende um die Boje fiel kläglich aus. Die Strecke zu Boje 3 hätten wir bei gleichmäßigem Wind in einem Rutsch geschafft, ohne zu kreuzen. Aber der Verklicker war dauernd in Bewegung. Kaum hatten wir uns auf raumen Wind eingestellt, drehte er; hatten wir eben angeluvt, merkten wir, dass wir fast mit halbem Wind vorwärts schossen.

»Halt die Augen offen!«, rief Tim von achtern. Er ließ die Segel und den tanzenden Stander nicht aus den Augen. »Eine kleine Bö haut einen hier leicht auf eine Untiefe!«

Ich spähte ängstlich zu den Markierungen, die alle flachen Stellen kennzeichnen. »Soll ich das Schwert etwas einholen?«, fragte ich unsicher. Schon hatte ich meine Hand am Schwertfall. »Stop!«, bremste Tim energisch. »Mach keine Dummheiten! Was meinst du, wie froh du bist, wenn das Ding bei ner Bö richtig ausgefiert ist. Wenn dus unten knirschen hörst, kannst dus immer noch einholen.«

Dicht vor uns kreuzten der »Zugvogel« und der »Korsar«; ein Stück weiter nahm der »Klabautermann« Kurs auf die Boje. »Wenn ich bloß wüsste, wie wir die zwei da abhängen!«, überlegte Tim, eifrig bemüht, jede Windänderung zu nutzen. Aber bis zur Wendemarke hatte sich unser Abstand kaum verringert. Kurz nach uns ließ Hannes mit seiner »Möwe« den hüpfenden Ball hinter sich, schoss ein paar Meter in unserer Kiellinie vorwärts, luvte an und drängte sich in Luv an uns heran.

»Wehe dir, Bursche!«, knirschte Tim. »Glaub ja nicht, du könntest uns den Wind klauen und uns abdrängen!« Gespannt beobachtete ich, wie sich die »Möwe« verbissen vorankämpfte. Auf gleicher Höhe mit uns hätte sie Wegerecht nach der Regel »Lee vor Luv«. Timo, der Sohn von Hannes an der Fock, machte ein Gesicht, als wolle er heute noch um Kap Hoorn segeln. Er war höchstens acht oder neun Jahre alt, hielt aber seine Schot wie ein Alter. Schade, dachte ich, wenn wirs nicht so eilig hätten, würde ich dich gern vorbei lassen. Nur langsam konnte sich die »Nixe« wieder vorschieben; die »Möwe« fiel ab.

»Hol mal die Schwimmwesten raus!«, rief Tim mir zu. »Muss das sein - bei der Hitze? Wir können doch schwimmen.«

»Muss sein. Guck, die da vorne zwängen sich auch rein. Wenns erst richtig losgeht, haben wir keine Zeit mehr, die Dinger anzulegen.« Widerwillig angelte ich die Schwimmwesten aus dem Stauraum, und abwechselnd schlüpften wir hinein, während der andere die Schot mit bediente.

Als wäre das ein Startzeichen gewesen, fing der Wind jetzt an, verrückt zu spielen. Tim murrte: »Ich werd noch ganz irre. Erst gar nichts und dann bläst es aus allen

Richtungen!« Erstaunlich war, dass wir trotzdem gute Fahrt machten. Ohne viele Kommandos führten wir unsere Manöver durch. Unser Teamwork funktionierte reibungslos. Wir lagen noch immer dicht hinter den ersten an vierter Stelle, als wir zum zweiten Durchlauf starteten.
»Wird mächtig dunkel da oben!«, stellte Tim mit einem Blick zum Himmel fest. Die ganze Zeit waren wir viel zu angespannt, um auf die Wolken zu achten. Mittlerweile sah der Himmel furchteinflößend aus.
»Ich schätze, gleich gehts rund!«, hörte ich Tim sagen und guckte lieber weg. Sicher sah ich nicht sehr mutig aus. Da kam die erste Superbö. So unvermutet fiel sie in die Segel ein, dass uns die Schoten durch die Finger glitten.
»Verdammt!«, fluchte Tim. Weit hängten wir uns außenbords und wären fast ins Wasser gekippt, als das Boot sich mit einem Ruck aufrichtete, um sofort wieder davonzuschießen. Tim ärgerte sich: »Ich hab nichts kommen sehen.« - »Ich auch nicht. Junge, Junge, ging das fix!«
»Das haben Böen so an sich. Pass mit aufs Wasser auf. Sonst hauts uns beim nächsten Anlauf um.« Gespannt beobachteten wir die weite Fläche, bis wir das Kräuseln auf uns zukommen sahen. Die zweite Bö konnten wir abfangen. Bei der dritten nahmen wir einen kräftigen Schwall Wasser auf. Das Boot krängte so stark, dass ich meinte, trotz zurückgebeugten Oberkörpers senkrecht zu stehen.
»Langsam wirds ungemütlich!«, beschwerte ich mich, als es nass um unsere Füße gluckerte. Da blitzte es zum ersten Mal. Ich zuckte zusammen. »Fünfzehn Sekunden«, zählte ich. In der Ferne ließ sich ein dumpfes Grollen hören.
»Ist noch weit weg!«, meinte Tim. Verstohlen schielte ich zum Ufer hinüber, das in unerreichbarer Ferne lag. Ich hatte echt Angst. Da half auch kein Tim.
Zwei Bojen mussten wir noch hinter uns bringen. Mit einem dritten Durchlauf war nicht mehr zu rechnen. Der Wind spielte jetzt total verrückt. Er drehte ständig und wechselte immer wieder die Geschwindigkeit. Es war, als wollte er uns an der Nase herumführen. Ich wurde ganz

zappelig vor Aufregung.
Tim lächelte mich an: »Cool bleiben, Tina, und genau aufpassen, dann packen wirs!« Seine Stimme klang beruhigend, aber so genau konnte man gar nicht aufpassen, wie einen diese Sturmböen foppten. Waren wir in Backbord, hetzte uns die nächste Bö wieder nach Steuerbord. Ich fluchte leise, wenn mir die nasse Fock ins Gesicht klatschte. Ein neuer Blitz. Zwölf Sekunden. Der Donner. Und noch mal dasselbe. »Lieber Gott, lass uns schnell zum Steg kommen!«, betete ich. Langsam schien auch Tim unruhig zu werden. Als wir um Boje 2 kreuzten, rief er mir zu: »Noch eine Boje! - Geben wir auf?«
»Schaffen wir schon!«, stieß ich hervor und wunderte mich über meine Stimme, die so mutig geklungen hatte, als wäre Gewittersegeln meine Lieblingsbeschäftigung. Ich grinste ihn an.
»Alles klar!« Er grinste zurück. Er hatte sogar die Nerven, sich ein Kaugummi aus der Tasche zu wühlen. Zum Glück machte der Wind eine Verschnaufpause, aber ich war doch froh, als er die Pinne wieder fest in der Hand hielt. »Willst du auch eins?« - »Nee, nee!«, wehrte ich ab. Du meine Güte, hatte der Kerl die Ruhe weg! Ich wollte doch nicht wegen eines Kaugummis von der nächsten Bö ins Wasser gekippt werden. Die nahm bestimmt keine Rücksicht auf uns!

**Im 10. Kapitel erleben wir:
wie ein Gewitter heraufzieht und
trotzdem weitergesegelt wird,
wie Tina ihre Angst überwindet
und dreimal getauft wird.**

Noch war das Gewitter in einiger Entfernung. Bei Gefahr würde die Regattaleitung das Zeichen zum Aufhören geben. Ein paar Kajütboote hatten bereits angelegt, aber die Jollen kämpften eisern weiter. So verrückt hatte ichs noch nie erlebt. Der Wind griff unbarmherzig an. Bei der nächsten Wende entgingen wir haarscharf einer Niederlage. Aus der geplanten Wende wurde eine unfreiwillige Halse. Der Baum schlug mit solcher Wucht um, dass er nur millimeterbreit über unsere Köpfe wegsauste. Tim hatte die Gefahr blitzschnell erkannt und mich mit einem lauten: »Runter!« auf die Knie gezogen.
»Danke!«, flüsterte ich und starrte benommen hinter dem Großbaum her. »Ist ja noch mal gut gegangen!«, tröstete mich Tim. Aber schon gings in die nächste Runde. Wir hatten die Halse noch nicht verkraftet, als eine Bö uns so heftig traf, dass die Segel sich bedenklich dem Wasser näherten.
»Auffieren!«, brüllte Tim. Wir hängten uns mit aller Kraft über die Bordwand. Aus!, dachte ich. Aus und vorbei! Gleich würden wir schwimmen. Aber es war nicht aus. Langsam richtete die »Nixe« sich wieder auf. Die Plicht war voll Wasser, doch wir hatten es geschafft. Mir zitterten die Knie.
»Ein Glück!«, keuchte ich. - »Verdammtes Glück!« Diesmal hatte auch Tim einen Schreck gekriegt.
»Bloß nicht nachlassen! Schoten dicht! Kann gleich die nächste kommen!« Er warf mir Handschuhe zu. Es tat gut, das feste Tuch an den Händen zu spüren, obwohl

mir vor Aufregung gar nicht bewusst gewesen war, dass die Schot mir die Finger wund scheuerte. Die letzte Boje noch - dann hätten wirs hinter uns! Die anderen Boote hatte ich ganz vergessen. Mir war auch einerlei, auf welchem Platz wir inzwischen lagen. Für mich zählte bloß das Eine: möglichst schnell , ohne aufzugeben, an den Steg zu kommen.
»Guck mal, die *Möwe* haben wir abgehängt!« Tims Stimme verriet immer noch Regattafieber. Tatsächlich - armer kleiner Seemann, ob du den Zauber wohl durchhältst? Der Kleine tat mir Leid. Ob er auch Angst vor dem Himmelsspektakel hatte? Ich konnte sein Gesicht nicht erkennen, aber sicher wäre darin nun eine Spur weniger Abenteuerlust zu lesen als vorhin. Wenn er nur nicht im Wasser landete! Na, sein Vater würde schon aufpassen.
Weiter vor uns sah ich Marcos Jolle dicht an der Boje und nahe vor uns den »Zugvogel«. Der »Korsar« war verschwunden. Wollten wir den Zweiten schaffen, mussten wir zum Schluss noch aufholen. Schade, das würde kaum klappen. Aber es war ja auch nicht mehr wichtig.
Eine neue Bö versuchte, dicht bei der letzten Boje, uns doch in die Knie zu zwingen. Diesmal war ich darauf gefasst, den Bootskörper fast senkrecht unter mir zu sehen und mich mit meinem ganzen Gewicht hinauszustemmen. Ich feuerte Tim an, bis die Segel wieder aufrecht standen. Blitzschnell hatten wir sie dichtgeholt, um rasch Fahrt aufzunehmen. Der »Zugvogel« wendete eben um Boje 3, als eine Bö seine Segel tief aufs Wasser drückte. Ich hielt die Luft an. Im Zeitlupentempo hob sich der Mast, die Jolle schoss weiter.
»Ich glaub, ich spinne!«, stöhnte Tim. »Das ist der reinste Hexenkessel! Bin gespannt, ob wir hier trocken rauskommen!«
»Hoffentlich!«, murmelte ich beschwörend. Mir war weniger denn je nach Taufe zu Mute. Musste der Wind so kurz vorm Ziel mit uns Ball spielen! Hilflos wie in einer Nuss-Schale fühlte ich mich und war doch wild entschlossen, mich - oder besser uns - nicht unterkriegen zu lassen.
»Verflixt, die hats umgehaun!« - »Wieso - Was?« Ich

folgte Tims Blick. »Da drüben sind welche im Bach!«, stellte er nüchtern fest. Die Ärmsten! Das hätten genausogut wir sein können! Die Jolle trieb kieloben.
»Wir müssen ihnen helfen!«, ereiferte ich mich. »Da können wir am besten mit reinspringen. Die kommen allein viel besser klar. Bei diesen Scheißböen mangeln wir sie höchstens über.«
Es war der »Klabautermann«. Wir erkannten zwei Köpfe, die nach Jens und Marco aussahen und sich um den Bootsrumpf herumbewegten. Ausgerechnet die hatte es erwischt! Eigentlich hätte ich mich freuen müssen. Marco, die Großschnauze! Trotzdem taten sie mir Leid. Kurz vor dem Ziel gekentert! Hoffentlich kamen sie allein hoch bei den harten Böen. Mitleid in Ehren - schließlich mussten wir uns selbst noch bis an den Steg durchkämpfen. Rasch ließen wir die letzte Boje hinter uns und näherten uns der Ziellinie. Mit schneller Fahrt schossen wir auf sie zu. Dann: unser Hupton! Geschafft! Erleichtert atmete ich auf. »Ein Glück!«, seufzte ich. Nur weg vom Wasser! Mir reichte es.
Aber statt auf den Steg zuzuhalten steuerte Tim zurück zur Boje. »Ich glaub, die sind durchgekentert!« Er deutete zum »Klabautermann« hinüber. »Vielleicht können wir doch helfen.«
Die Jungen bemühten sich krampfhaft, das Boot aufzurichten. »Hey, sollen wir anpacken?«, brüllte Tim. Ich wusste zwar nicht, wie er das anstellen wollte, aber sein guter Wille schien zu genügen. Schwerfällig tauchte das Segel auf. Marco hing am Schwert. Ich ballte die Fäuste, als könnte ich ihn dadurch unterstützen. Ganz langsam hob sich der Mast über die Wasseroberfläche. Ein kräftiger Ruck - die Jolle stand aufrecht. Sofort stürzte der Sturm von neuem auf das durchnässte Tuch und zauste es ungestüm, als hätte er nur gierig darauf gelauert. Wild flatterten die Segel. Doch wie ungebärdig sie an ihren Schoten zerrten, es war kein Widerstand da, um dem Angriff zu trotzen.
Immer noch schwimmend, hatten die Jungen das Boot in den Wind gedreht und zogen sich geschickt auf beiden Seiten hinein. Rasch ergriff jeder seine Schot, schon

blähten sich die Segel, gebändigt mit festem Griff - der »Klabautermann» hatte es eilig, die Ziellinie hinter sich zu bringen. Auch unsere »Nixe« hielt wieder in schneller Fahrt auf den Steg zu. Das Gewitter war bedenklich nahe gekommen. Alles, was noch draußen standgehalten hatte, bemühte sich, den Hafen zu erreichen, ehe es richtig losgehen würde. Die Regattaleitung holte den Anker ein. Mit aufheulendem Motor jagte das schwere Boot aufs Ufer zu.

Ich konnte die rettenden Planken greifbar nahe vor mir sehen. Da schoss an Steuerbord ein »Zugvogel» heran.

»Mann, hat der keine Augen im Kopf!«, rief ich entsetzt.

»Raum!«, brüllte Tim. »Raum! Raum!«, schrien wir. Tim riss die Pinne herum, gerade als ich glaubte, es schon krachen zu hören. »Trottel!«, schimpfte ich wütend der davonziehenden Jolle hinterher.

»Tina, komm rüber!« Tim packte meinen Arm und zog mich nach Steuerbord, als uns die nächste Bö mit unerwarteter Heftigkeit traf.

»Mach hin!«, keuchte Tim, aber mein Fuß hing in einem Tampen fest. Ich riss mich los, stolperte, versuchte, die Bordwand über mir zu greifen, mich hochzuziehen, rutschte ab. Tim griff nach meiner Schulter, ich klammerte mich haltsuchend an meiner Schot fest. Immer stärker neigte sich der Bootsrumpf über mir. Unter mir sah ich das Wasser haarsträubend nahe ...

»Loslassen!«, brüllte Tim. »Pass auf, das Segel!«

Ich weiß nur noch, es ging rasend schnell. Dann spürte ich das Wasser über mir zusammenschlagen, als wollte es mich in seine Tiefen hinabziehen. Um mich herum nasskaltes Halbdunkel, eine Geisterwelt, die mich einhüllte. Doch sofort hatte ich mich von dem Spuk gelöst.

Hastig stieß ich mich an die Oberfläche zurück, um aufzutauchen. Was war das? Mein Kopf stieß gegen etwas Festes, statt sich aus dem Druck des Wassers zu befreien. Hilfe! Das Segel! - Mir war, als wäre ich unter dem weißen Tuch begraben. Ich wollte schreien, schluckte Wasser, in meinen Ohren begann es zu dröhnen, meine Lungen schienen zu platzen. Nur fort aus diesem Käfig! Instinktiv stieß ich nach unten. Mein Herz klopfte wild,

während ich automatisch Arme und Beine bewegte. Nein, noch nicht wieder auftauchen! Nicht zu früh! Nicht noch mal gegen das Segel stoßen!
Endlich! Keuchend sog ich die Luft ein. Die Welt hatte mich zurück! Eine hübsche Strecke unter Wasser lag hinter mir. Jetzt schwamm ich ein Stück vom Boot entfernt. Tim suchte mich. Er zerrte aufgeregt am Segel. Sein erschrockenes Gesicht entspannte sich, als er mich entdeckte.
»Du liebe Zeit!«, schnaufte er, als er mich erreicht hatte, packte vorsorglich meinen Arm und zog mich zum Boot. »Alles klar?« - »Alles klar!«, japste ich erschöpft, aber sehr erleichtert.
»Dieser Idiot!«, schimpfte er und wischte sich eine triefende Haarsträhne aus dem Gesicht. »Hätte uns glatt übergemangelt!« Tim schien geschockt über unser unfreiwilliges Bad. Ich hatte ihn noch nie so wütend erlebt. Beinahe hätte ich gelacht. War doch alles halb so tragisch! Passiert war uns ja nichts.
»Der kriegt noch sein Fett, dieser Dödel!« Mir war wieder nach dummen Sprüchen. »Hast wohl was abgekriegt?«, erkundigte sich Tim vorsichtig. Er hangelte sich ans Boot heran und löste die Schoten. »Bleib auf dieser Seite!«, befahl er und verschwand hinter dem Rumpf, der steil über mir aufragte. »Vielleicht pack ichs alleine. Kannst am Segel nachhelfen!«
Gut, dass die »Nixe« nicht durchgekentert war. Ich spürte, wie ein Beben durch den Rumpf der Jolle ging. Mühsam versuchte der Mast, sich vom Wasser zu lösen, in dem das nasse Tuch ihn gefangenhielt. Wie träge und schwer er war, als ich ihn hochstemmen wollte.
»Komm lieber hierher!«, keuchte Tim von drüben. Ich schwamm auf die andere Seite und mit vereinten Kräften hängten wir uns ans Schwert. Beim ersten Mal glitschten meine Finger von dem nassen Metall herunter, als ich es kaum gepackt hatte. Prustend tauchte ich wieder auf und sah in Tims grinsendes Gesicht.
»Na, hast noch nicht genug? Los, noch mal das Ganze!« Ein kräftiger Ruck, noch einer, die »Nixe« ächzte; wir schnauften. Wir merkten, wie der Mast sich langsam hob.

»Achtung!«, schrie Tim. Der Rumpf senkte sich uns entgegen. Unsere Jolle war wieder flott. Jeder auf eine Seite! Auf Kommando stemmten wir uns gleichzeitig an der Bordwand hoch. Ich gab mir die größte Mühe. Mannomann, hatte ich Pudding in den Armen! Wenn wenigstens was da gewesen wäre, wo die Füße Halt gefunden hätten! Ich zappelte vor Anstrengung wie eine Fliege im Spinnennetz und landete mit einem sehr unsportlichen Platsch zum dritten Mal unfreiwillig im Wasser. Schniefend wischte ich mir die Augen. Über mir erschien ein strahlendes Sommersprossenbeet. »Dreimal muss man nicht getauft werden!«, tönte es schadenfroh.
»Esel!«, keuchte ich. »Hilf mir lieber!« - »Na los, pack an!« Wie einen Mehlsack hievte Tim seinen Vorschoter an Bord. Die »Nixe« schaukelte verdächtig. Kopfüber rutschte ich in die Plicht, froh, wieder feste Planken unter

mir zu fühlen. Sofort scheuchte Tim mich hoch:
»Dalli, an die Fock!« Mit steifen Knien kroch ich nach vorn. Schon fiel der Wind mit aller Kraft in die Segel. Das Boot schoss vorwärts aufs Ufer zu. In rasender Fahrt näherten wir uns dem Steg. Fast hätte ich das Holz greifen können. Aber erst hieß es noch einmal kreuzen, wenn das Anlegemanöver auf Anhieb klappen sollte.
»Pass auf!«, warnte Tim. Mit unverminderter Heftigkeit trafen uns die Böen. Ich hatte restlos genug. Meine Finger krampften sich um die Schot, aber mir fehlte in den klitschnassen Handschuhen die Kraft, richtig dichtzuholen. Die erste Wende! Rüber nach Backbord! Schot dicht! Weit raushängen! Wieder das Ufer dicht vor uns. Die zweite Wende! Blitzschnell nach Steuerbord! Noch mal kräftig gegenstemmen! Wenn bloß der Aufschießer gleich hinhaut!
Mit killenden Segeln rauschten wir auf den Steg zu. Hilfreiche Arme streckten sich uns entgegen, um die »Nixe« abzufangen. Ich warf die Vorleine zu. Geschafft! Die Fock knallte wütend hin und her, als wollte sie mich ein viertes Mal ins Wasser fegen. Ich konnte sie kaum bändigen. Mit steifen Fingern löste ich das Fockfall von der Klampe. Das nasse Tuch klatschte mir um die Ohren, als ich es am Vorstag herabzog, und ich hatte Mühe, es auszuschäkeln. Inzwischen kämpfte Tim mit dem Großsegel. Ich hörte es hinter mir herunterrauschen und den Käptn fluchen. Anscheinend hatte er auch Schwierigkeiten - ein schwacher Trost!
»Schmeiß das nasse Zeug in die Plicht!«, rief er. »Und pack hier mit an!« Gemeinsam bargen wir das Großsegel, als Mama und Paps auf dem Steg erschienen, vorneweg mein winselnder Terry.
»Na, ihr beiden, ihr macht ja schöne Geschichten!«, begrüßte meine Mutter uns vorwurfsvoll. »Wieso?«, fragte ich mit gespieltem Erstaunen, als sei Kentern für mich nichts Besonderes. »Na hör mal! Musstet ihr bei dem Wetter unbedingt umkippen?« Meine Mutter schien entrüstet.
»Das war genau das Richtige für die Nerven deiner Mutter!«, pflichtete Paps ihr bei und zwinkerte mir freude-

strahlend zu. Er war mit mir nie zimperlich, ihm wäre ich als Sohn sowieso lieber gewesen.
»Was ihr bloß habt! Bisschen nass wars. Aber ich musste ja doch mal getauft werden!«, meinte ich großspurig. Um keinen Preis wollte ich zugeben, welche Ängste ich ausgestanden hatte. Im Gegenteil. Nachträglich fand ich mein Tauchmanöver gekonnt. Man hat eben nicht alle Tage das Segel als Kopfbedeckung beim Schwimmen.
Es war eine Taufe mit Pfiff. Ich kam mir vor wie Kunibert nach dem Ritterschlag! »Ich danke bestens!« Meiner Mutter imponierte mein Ritterschlag wenig. »Musstet ihr solche Experimente ausgerechnet bei Gewitter machen? Marsch jetzt! Gleich wirds eine kräftige Dusche geben!«
Die schwarze Wolkendecke sah aus, als wollte sie jeden Moment aufplatzen. Es donnerte drohend. Terry nahm Anlauf, um zu mir ins Boot zu springen, bremste mit allen vieren ab und winselte flehend zu mir herunter. »Ist gut, Terry!«, beruhigte ich ihn.
»Gehen Sie schon vor ins Bootshaus!«, riet Tim meinen Eltern. »Wir können nicht mehr nasser werden.« Ich kletterte auf den Steg und drückte meiner Mutter unsere trockenen Sachen in die Hand. Ein Glück, dass wir sie nicht mit an Bord gehabt hatten!
»Wartet drüben! Wir kommen gleich, müssen nur noch die *Nixe* wetterfest machen.«
Widerstrebend zogen die drei los. Meine Mutter fürchtete sicher, ich könnte ohne ihre Aufsicht noch einmal ins Wasser fallen. Paps wäre bestimmt lieber mit an Deck gestiegen, um zu helfen. Terry schien dem Frieden nicht zu trauen, ob sein Frauchen auch wirklich nachkommen würde.
»Hol das Schwert hoch!«, rief Tim, während er das Ruder aushängte und mit der Pinne in der Plicht verstaute. »Dann such zwei Fender raus!« Nachdem er die Schoten nachgezogen und belegt hatte, sprang er auf den Steg, um Vor- und Achterleine fester zu vertäuen. Ich hängte die Fender aus.
»Wenn der Sturm nur nicht zu schlimm wird!«, meinte ich besorgt. »Halt dich tapfer, alte Nixe!«
»Das muss sie vertragen!«, erklärte Tim. »Los, erst mal

weg vom Wasser, alles andere hat Zeit bis morgen.« Mit einem Ruck zog er mich zu sich auf die Bohlen. Schon fielen die ersten Tropfen. Es war, als hätte der Himmel gewartet, bis wir fertig vertäut hatten. Kaum erreichten wir das Clubhaus, fing es an zu schütten, als ob da oben jemand einige hundert Badewannen auf einmal auskippte.
»So habe ich mir einen Wolkenbruch vorgestellt!« Ich konnte mich nicht satt sehen an den Wassermassen, die an den Fenstern herunterströmten.
Draußen tobte es wie in einem Hexenkessel. Fast ohne Atempause folgten sich Blitz und Donner. Ein paarmal krachte es ohrenbetäubend, als hätte es direkt am Steg eingeschlagen. Wie gut, ein Dach über dem Kopf zu haben! Bei dieser tobenden Sintflut da draußen auf dem See! Ich schüttelte mich, wenn ich daran dachte. Das mit dem Hochseetörn würde ich mir noch überlegen.

Im 11. Kapitel erfahren wir von:
einem Angstschisser,
einer Affenschande,
einem Fliegengewicht,
einem Vielfraß,
einer Leichenbittermiene,
zwei Wasserratten,
zwei Verschwörern
und Urwaldtemperaturen.

Das Clubhaus glich einer Sauna. Alles drängte sich in dem kleinen Raum. Ab und zu schlüpften ein paar klatschnasse Nachzügler herein und brachten einen Hauch von Regenkühle mit. Wir entdeckten meine Eltern im hintersten Eckchen, wo sie einen Platz auf der Bank ergattert hatten. Terry lag zusammengerollt auf dem Schoß meines Vaters, hatte seinen Kopf unter die Jacke geschoben und zitterte bei jedem Donnerschlag.
»Armer Bursche!« Ich tätschelte ihm den Rücken, doch er traute sich nicht, die Schnauze aus dem schützenden Tuch hervorzuwühlen.
»Son Angstschisser!«, amüsierte sich Tim. »Lach ihn nicht aus, du Banause, du verstehst überhaupt nichts von Hunden!«, grollte ich.
»Seht zu, dass ihr trocken werdet!«, mahnte Mama energisch. Sie hatte Handtücher dabei. »Als ob ichs geahnt hätte, dass ihr reinfallt!«, freute sie sich.
Mütter scheinen einen siebenten Sinn zu haben. Wie einem Baby wollte sie mir den Rücken abrubbeln. Ich konnte mich gerade noch rechtzeitig in Sicherheit bringen. Womöglich hätte sie mir das Frotteetuch um den Kopf gewickelt, so wie zu Hause beim Haarewaschen.
»Wehe, wenn ihr euch einen Schnupfen holt, ihr Wasserratten!«, drohte sie, obwohl bei den Urwaldtemperaturen

schon einiges dazu gehört hätte, sich zu erkälten. Wir rubbelten uns die Haare.
Ich lächelte Tim an, er lachte unter seinem Handtuch zurück. »War ne coole Schlacht, was?« - »Megacool!«, bekräftigte ich.
»Hab ich dir schon zur Taufe gratuliert?« Tim setzte ein feierliches Gesicht auf. »Wird Zeit für die Blumen! Ich hoffe, der Sekt ist schon kalt gestellt!«, konterte ich.
Ich hätte ein schlechtes Gewissen haben müssen, denn genau genommen war ich schuld an unserem unfreiwilligen Bad. Hätte ich mich nicht so ungeschickt angestellt, wären wir mit der Bö sicher fertig geworden. Ich sagte Tim, es täte mir Leid, weil ich nicht schneller reagieren konnte.
»Quatsch! Kannst doch nichts dafür! Bist hängen geblieben! Außerdem: Passiert ist passiert! Schuld war der Blödmann, alles andere war Pech!«
»Meinst du?«, fragte ich erleichtert. Ich war nicht wild darauf, die Schuld auf mich zu nehmen.
Als hätten ihm von unserem Gespräch die Ohren geklingelt, tauchte der Typ kurz danach bei uns auf. Er hatte zwar gemerkt, dass wir ihm ausweichen mussten, glaubte jedoch er hätte Wegerecht. Sein Irrtum war ihm offensichtlich peinlich, denn er entschuldigte sich tausendmal.
»Ist in Ordnung!«, unterbrach Tim ihn schließlich. »Ging ja zum Schluss alles drunter und drüber. Wer weiß, vielleicht hätten wirs auch ohne Ihre Hilfe geschafft!« Nachdem wir uns die Hände geschüttelt hatten, zog er wieder ab.
Wir waren nicht die Einzigen, die ein unfreiwilliges Bad nehmen mussten. Außer uns und dem »Klabautermann« waren vier andere Jollen gekentert.
»Neuer Rekord!«, stellte Tim zufrieden fest. »Ich bin mächtig gespannt auf das Gesamtergebnis!« - »Kann man nicht mal fragen?«, schlug ich vor. »Ich geh schon!«, erbot sich Tim. »Nicht auszudenken, wenn du vor Spannung platzt!«
»Du siehst überhaupt nicht neugierig aus!«, rief ich ihm hinterher, als er sich zur Regattaleitung durchdrängte. Bald erschien er wieder. Seine Mundwinkel bemühten

sich krampfhaft, Haltung zu bewahren, aber seine Augen blitzten verräterisch. Mit verschränkten Armen pflanzte er sich vor uns auf, genoss einen Moment unsere erwartungsvollen Mienen und fragte so gleichgültig wie möglich: »Na, was schätzt du?« Empört über diese Geheimnistuerei murrte ich: »Mann, machs nicht so spannend! Schließlich war es meine Idee nachzufragen.«

»Erst schätzen!«, beharrte er eigensinnig. »Deiner Leichenbittermiene nach zu urteilen, müssten wir mindestens den Ersten gemacht haben, wenn nicht noch besser!« - »Na, du gehst ja ganz schön in die Vollen!« Tim lachte. »Also: In der Gesamtwertung der Zweite. Durch Marcos Pech sind wir raufgerutscht, auch wenn wir heute nur als Dritte durchs Ziel gegangen sind.«

»Herzlichen Glückwunsch!«, sagten Mama und Paps wie aus einem Mund. Jetzt war auch meine Mutter stolz auf ihre segelbegeisterte Tochter. Sie würde sich mit der Zeit daran gewöhnen, uns hin und wieder mal schwimmen zu sehen. Das gehörte dazu.

»Und wer hat den Ersten?«, wollte ich wissen, obwohl ich mir die Antwort denken konnte. »Na, wer schon? Marco natürlich! Hast du was anderes erwartet.« Tims Stimme klang gleichgültig, aber ich merkte ihm an, dass er ein bisschen enttäuscht war. Ob wir es jemals schaffen würden, Marco zu schlagen? Gut segeln konnte er, das musste man ihm lassen!

»Eigentlich toll!«, stellte ich bewundernd fest. »Trotz Kentern beste Gesamtzeit.« Ich gönnte es ihnen. Wie sie so dastanden, sahen sie gar nicht mehr überheblich aus. Marco und Jens kamen zu uns herüber. »Ganz schönes Pech!«, fing Marco an. »Eine unfreiwillige Halse. Dann hats uns erwischt. Hätte einem Seemann nicht passieren dürfen!«

»Ist schon den besten Leuten passiert!«, tröstete Tim. »Glaubst du, die Profis würden ihre Schiffe nie kieloben sehen?«

»Hast recht!«, gab Marco zu. »Man darf bei diesen verdammten Böen keine Sekunde abschalten, sonst ist man dran.«

»Uns hätte es an Boje zwei auch fast umgehauen. Ich

sah uns schon schwimmen, genau wegen so ner verflixten Halse!«, erklärte Tim. »Wir fanden es bloß besser, erst mal durchs Ziel zu kommen, bevor wir baden gingen, was Tina?« Er zwinkerte mir zu. Ich wurde ein bisschen rot. Ganz unschuldig war ich ja nicht an unserem Bademanöver.

»Hätten wir auch besser gefunden!«, meinte Jens achselzuckend. »Auf den letzten hundert Metern noch im Bach landen - eine Affenschande ist das! Übrigens nett von euch, dass ihr zurückgekommen seid. Rechne ich euch hoch an. Tina, anscheinend ist dir deine Taufe gut bekommen. Das war sie doch - oder hast du vorher schon mal im Teich gelegen?«

»Ich hatte noch nicht das Vergnügen. Aber danke für die

Nachfrage. Ich fühle mich bestens!«, gab ich fröhlich Auskunft. Wer hätte das gedacht! Die beiden konnten ja richtig nett sein. »Ich komme mir jetzt erst wie eine echte Seglerin vor!«, erklärte ich stolz.
»Naja«, lenkte Tim ein, »hast ganz hübsch Glück gehabt!« Ich sah ihn fragend an. Er fuhr fort: »Das Segel ist beim Kentern nicht die beste Kopfbedeckung. Ich weiß gar nicht, wie dus geschafft hast, unter dem Baum durchzurutschen. Du hättest eigentlich genau *auf* dem Segel landen müssen, aber bei deinem Fliegengewicht wäre es ja wohl kaum zerissen. - Mann, das wäre teuer geworden! - Also: Das war ein gekonntes Kentermanöver, Fockaffe!«
Ich schluckte und schielte besorgt zu meiner Mutter hinüber. Sie unterhielt sich gerade mit meinem Vater und hatte unser Gespräch nicht gehört. Womöglich würde sie mir verbieten, bei starkem Wind in See zu stechen, und das hätte mir gerade gefehlt, wo ich nicht mal mehr Angst vorm Reinfallen hatte. »Sag das bloß nicht, wenns meine Eltern hören!«, raunte ich Tim zu. »Die sind zu allem fähig!« - »Ich werde mich hüten!«, murmelte Tim. »Sonst muss ich die nächste Regatta allein segeln.«
»Na, dann werden wir uns in Zukunft gewaltig anstrengen, sonst hängt ihr uns noch ab!«, neckte Marco.
»Eingebildet bist du gar nicht!«, schoss Tim zurück. »Aber warte! Wir werden demnächst in der Biskaya trainieren. Dann stecken wir euch spielend in die Tasche! Was meinst du, Tina?«
»Logisch! Ab heute nur noch von Windstärke sechs aufwärts.« - »Haltet euch ran!«, meinte Marco. »Und tschüs bis später!«
Der Regen hatte nachgelassen; es wurde wieder heller. Meine Mutter drängte zum Aufbruch: »Los, Kinder, kommt! Heute habt ihr euch ein großes Stück Kuchen verdient.« Keine schlechte Idee. Mein Käptn hatte bestimmt ein Riesenloch im Magen.
»Bei Kuchen konnte ich noch nie widerstehen!«, nahm er Mamas Einladung an. »Von mir aus kanns losgehen.«
»Ja, aber das Boot...?«, wandte ich ein. »Das hat Zeit bis morgen. Dann segeln wir es trocken. Das klatschnasse Zeug können wir sowieso nicht besser verstauen. Ich geh

nur schnell nachsehen, ob es richtig fest liegt. Komme hinter euch her.«
In weiser Voraussicht waren meine Eltern mit dem Auto hergekommen; und so saßen wir kurze Zeit später in gemütlicher Runde vor einer ansehnlichen Stachelbeertorte. Mein Vater war allerbester Laune. Ihm ging nichts über einen genüsslichen Sonntagnachmittagskaffee mit versammelter Mannschaft, und Tim schien er gern dabei zu sehen.
»Wie schön, dass wir Grund zum Feiern haben!« - »Fehlen nur die Taufpaten und der Sekt!«, bemerkte ich. »Von wegen!« Meine Mutter verschwand in der Küche und kehrte kurz darauf mit der Rumflasche zurück. »Das ist für euch viel besser!« Wir bekamen Tee mit Schuss, und ausnahmsweise geriet der Schuss recht großzügig. Ich brauchte drei Teelöffel Zucker, um das Zeug trinken zu können.
»Prost, Tina!« Tim erhob seine Tasse. »Prost Tim! Auf die Regatta!«, antwortete ich. »Und auf die nächste gleich mit!« Vergnügt tranken wir uns zu. Dann war eine Weile Funkstille. Tim kaute und kaute. Stachelbeertorte mit Schlagsahne schien seine Lieblingsspeise zu sein.
»Schmeckts?«, fragte Mama überflüssigerweise. »Und wie!«, quetschte Tim mühsam hervor und mampfte weiter. Mama war offensichtlich glücklich. Endlich jemand, der die vielgeplagte Hausfrau gebührend lobte. Tim hatte bei ihr bereits einen dicken Stein im Brett. »Na, das freut mich. Iss doch noch ein Stück!« - »Aber nur noch eins!«, meinte Tim mit ungewohnter Bescheidenheit. »Sie müssen ja denken, Ihre Tochter hätte einen Vielfraß angeschleppt!«
»Ach, woher denn!«, wehrte Mama lachend ab. »Wenigstens einer, dems schmeckt!« In bester Laune saßen wir noch eine ganze Weile zusammen. Hauptthema war natürlich das Boot. Am nächsten Wochenende würden wir Paps anheuern. Mama wollte lieber erst zugucken. Schließlich sagte Tim mit einem Blick auf die Uhr:
»Jetzt wirds aber Zeit, dass ich mich zu Hause sehen lasse!« Ich brachte ihn an die Tür, nachdem meine Mutter ihm Grüße an seine Eltern aufgetragen hatte.

»Sag mal, wusstest du, dass unsere Mütter sich kennen?«, fragte ich erstaunt.
»Logo!« Er schmunzelte.
»Also dann bis nachher zur feierlichen Siegerehrung. Ich hol dich am besten ab. Sagen wir in einer Stunde?«
»Die Idee könnte von mir sein!«, freute ich mich.
»Da kann ich mich noch in Ruhe landfein machen. - Du, ich hab richtig Lampenfieber – wie vorm großen Auftritt...«
»Mädchen, das sind ja wohl *'peanuts'* gegen deine Gewitter-Taufen. Sowas machen wir mit links!«
Er klopfte mir auf die Schulter. Ich musste lachen.
»Na dann, großer Käptn! – Ich hab ja dich!«
Tim schwang sich aufs Rad, drehte sich noch mal zurück und rief mir zu: »Übrigens es bleibt doch dabei: Sandra kriegt morgen ihre Super-Show!«
»Klar - was dachtest du denn?«“ Ich nickte eifrig.
»Sogar die Mega-Show!«
Wie zwei Verschwörer hoben wir die rechten Daumen.

Im 12. und letzten Kapitel hat:
jemand Grund zur Eifersucht,
die Zeitung eine wichtige Sportmeldung,
Sandra ein schlechtes Gewissen
und Tina das letzte Wort.

Am Montag, gleich in der ersten großen Pause, erwartete Tim mich auf dem Flur. »Hallo Schatz! Wieder fit?«, tönte es so laut, dass alle es hören mussten. Er legte mir den Arm um die Schultern, und gemeinsam gingen wir die Treppe hinunter. Auf dem Schulhof steckten wir die Köpfe zusammen, schwatzten dummes Zeug und kicherten. Die Mädchen aus meiner Klasse waren Luft für mich. Ich stand mit dem Rücken in Sandras Richtung.
»Ein Jammer, dass du ihr blödes Gesicht nicht siehst! Sie kann ihre Stielaugen kaum von uns losreißen!« Tim machte die ganze Sache einen Mordsspaß. Ich hätte mich gern mal kurz umgedreht, aber das kam überhaupt nicht in Frage.
Nach der Schule wartete er am Tor auf mich. Ich hielt mich extra in Sandras Nähe. Als wir uns Tim näherten, winkte er mir zu: »Da bist du ja, Schatz! Komm, ich bring dich zum Bus!« Er legte wieder den Arm um mich. Kichernd und blödelnd gingen wir hinter meiner »lieben Freundin» her, die uns keines Blickes würdigte. Aber auch, nachdem Sandra abgebogen war, nahm Tim den Arm nicht von meiner Schulter ...
Am Dienstagmorgen kramte ich gerade meine Mathesachen aus dem Rucksack, als Tim in die Klasse stürmte. Er schwenkte eine Zeitung.
»Hy, Tina!«, rief er laut. Alle drehten sich nach uns um. »Hast du uns gesehen? Hier stehen wir!« Er breitete die Sportseite auf meinem Tisch aus. »Da!« Triumphierend tippte er mit dem Zeigefinger auf den Abschnitt »Segeln«.

Die Überschrift hieß: *Regatta endet im Gewittersturm.* Und darunter stand dünn gedruckt: *Sechs Boote gekentert.* Auch ein Foto vom Edersee war abgebildet, auf dem man eine Jolle sah, deren Mast beinahe das Wasser berührte. »Könnte der ,Klabautermann' sein!«, meinte Tim. »Und das da hinten ist sicher unsere ,Nixe'«.
»Starkes Bild!«, stellte ich begeistert fest und gab mir Mühe, unsere Jolle zu erkennen. Die anderen aus meiner Klasse spähten uns über die Schulter. »Los, nun guck weiter!« Tims Finger rutschte auf den Textteil. »Da unten ist unsere Bootsklasse: ,Schwertjollen, nationale Klasse'«, las er laut vor. Und da stand beim zweiten Platz: Tim Schüler, Christina Engel.
Kein Zweifel: Das waren wir. Nur schwer brachte ich ein überlegenes Gesicht zustande und antwortete mit wackliger Stimme: »Mensch, das sind ja tatsächlich wir!« - »Wie ich das wohl finde, Fockaffe Tina!« Übermütig packte Tim meine Schultern. »Und wie ich das erst finde, Käptn Tim!« Ich strahlte. Viel hätte nicht gefehlt, und wir wären geplatzt vor Stolz, als wir die bewundernden Blicke der anderen sahen. Natürlich wollten alle das Foto und unsere Namen in der Zeitung sehen. Es entstand ein richtiges Gedränge, bis Algie uns über die Schulter guckte. Er schlug vor, die Zeitung in der Stunde durch die Klasse gehen zu lassen. »Für alle Interessierten«, fügte er lächelnd hinzu. »Herr Schüler junior kann sie sich nachher wieder abholen und einrahmen lassen.« - »Okay, Senior!«, versicherte Tim und trat den Rückzug an, nicht ohne mir noch einmal zuzuzwinkern.Ich fühlte mich wie eine Primadonna nach ihrem ersten gelungenen Auftritt. Nie hatte ich gedacht, ich würde in unserer Klasse mal im Mittelpunkt stehen. Ich genoss diesen Augenblick. Jetzt war ich wer! Auf alle Fälle schien ich für die anderen ein Stück gewachsen. Sie guckten mich plötzlich ganz anders an. Mit einer Ausnahme: Sandra. Sie tat so unbeteiligt, als gehörte sie überhaupt nicht dazu. Eifrig blätterte sie in ihrem Heft und zeigte plötzlich ein ungeahntes Interesse an Trigonometrie. Prompt zitierte Algie sie an die Tafel. Tim musste zu Hause geplaudert haben. Ich kicherte, und der Herr Oberstudienrat zwinkerte kaum merklich zurück.

Er war schon ein irrer Typ! Ich würde es nachher Tim erzählen, und der würde meinen innigen Dank sicher an die richtige Adresse weiterleiten. Schwitzend und sichtlich geschockt steuerte Sandra ihren Platz wieder an. Durch mich sah sie hindurch, als wäre ich unsichtbar. Den Rest des Tages machte sie einen deutlichen Bogen um mich. Aber ich war sicher, dass noch irgendeine Bemerkung von ihr zu erwarten war. Sie brauchte wohl Zeit, um erst kräftig Salz und Pfeffer draufzustreuen, bevor sie servierte. Ich wartete gespannt, was für eine Schau sie diesmal abziehen würde. Doch es blieb ruhig. Zwei Tage tat sich überhaupt nichts, und Tim meinte bereits, es hätte ihr die Sprache verschlagen.
Am Donnerstag nach der großen Pause stand ich unten

an der Treppe, als auf einmal Sandra auftauchte. Aber statt wie bisher wortlos vorbeizugehen, blieb sie stehen. Nachdem ich einen Moment woanders hingeguckt hatte und sie immer noch dastand, sah ich ihr ins Gesicht, bemüht, sehr kühl und abweisend auszusehen. Sah ich richtig? Sie blickte mich irgendwie verlegen an. Ich hätte mir eher die Zunge abgebissen. Da sagte sie unvermittelt: »Gratuliere!«

»Wozu?«, erkundigte ich mich vorsichtig. »Stell dich doch nicht so an! Wozu schon?«, murrte Sandra. Hatte ich mich auch nicht verhört? - Lieber erst mal abwarten, wie es weiterging. Gespannt sah ich ihr in die Augen. Unsicher erwiderte sie meinen Blick, während sie zögernd weitersprach: »Du bist ganz schön sauer auf mich, was?« - »Ist längst begraben!«, meinte ich großzügig. Sie sollte sich ja nicht einbilden, die Angelegenheit hätte mich übermäßig berührt. »War ziemlich mies von mir!«, sagte sie leise und starrte auf ihre Schuhe, als säße ein kleines Gespenst darauf.

Ich war sprachlos. Sandra hatte ein schlechtes Gewissen! Dieses Geständnis musste ihr mächtige Kopfschmerzen bereitet haben. Na ja, an mir sollte es nicht liegen! - »Schon gut!«, meinte ich gönnerhaft und setzte ein Gesicht auf wie Mama, wenn sie merkt, dass etwas von ihrem Nagellack fehlt. Ich konnte es mir allerdings nicht verkneifen, hinzuzufügen: »Am besten steckst du deine Nase nicht mehr in Sachen, die Leute wie dich nichts angehen!« Damit war der Fall für mich erledigt, ich würde ihn nicht wieder aufwärmen.

Doch Sandra hatte sich anscheinend noch nicht alles von der Seele geredet. »Sag mal«, fuhr sie fort, »du bist mir doch hoffentlich nicht böse, weil ich dir diesen Unsinn geschrieben habe?« - »Ach, das meinst du!« Ich machte eine wegwerfende Handbewegung. »Hab ich sowieso nicht für voll genommen.« - »Naja«, lenkte Sandra ein, »so übel ist dein Eichhörnchen im Grunde auch gar nicht.«

»Meinst du?«, fragte ich interessiert. »Wird Zeit, dass du das einsiehst. Übrigens merk dir mal eins: Tim, falls dus wissen willst, Tim ist der beste Junge an unserer Schule!«

„Segler-Latein“ zum Nachschlagen

abfallen	das Boot vom Wind abdrehen
abtakeln	hier: Segel bergen (bedeutet eigenlich: die Takelage des Bootes, wie Mast usw., abnehmen)
achterlich	von hinten (achterlicher Wind)
Achtknoten	Knoten in Form einer Acht
anluven	das Boot in den Wind drehen
auffieren	dem Zug der Schot nachgeben, ohne die Kontrolle zu verlieren (Gegenteil: dicht- holen oder anholen)
Aufschießer	Strecke, die das Boot noch gegen den Wind zurücklegt, wenn man es in den Wind dreht (der Wind kommt dann genau von vorn!)
Backbord	die linke Bootsseite (in Fahrtrichtung)
Baum (Großbaum)	Rundholz, an dem das Großsegel mit seiner Unterkante befestigt ist
belegen	ein Tau an einem Teil des Bootes oder an Land festmachen
bergen	herunternehmen (Gegenteil: Segel setzen)
Boje	Schwimmkörper, der im Grund verankert ist.
Bug	der vorderste Teil des Bootes
Crew	Besatzung eines Schiffes
dichtholen	das Segel straffen (Gegenteil: fieren)
durchkentern	der Mast taucht beim Kentern in Folge zu starker Schräglage unter das Boot

einschäkeln	das Herstellen einer Verbindung zwischen Leinen, Ketten, Takelageteilen oder Segeln durch einen Schäkel (verschließbarer Metallbügel)
Fender	Polster, das außen an der Bordwand befestigt wird als Schutz vor Beschädigung
Flaute	Windstille (Windstärke null)
Fock(segel)	kleineres Vorsegel vor dem Mast
»Fockaffe«	Bezeichnung für den Vorschoter, der die Fock bedient
Fockfall	Leine, mit der die Fock am Vorstag geheißt (hochgezogen) und gefiert (heruntergelassen) wird
Halse	das Boot wird mit dem Heck durch den Wind gedreht
Heck	der hintere Teil des Bootes
Jolle (Schwert)	kleines Boot mit hochziehbarem Schwert
Kajütboot	größeres Boot, bei dem sich meist im vorderen Teil eine Kajüte (z.B. für Schlafplätze) befindet
kentern	umkippen (durchkentern s. o.) durch zu starke Krängung
Kiel	Grundbalken bei Wasserfahrzeugen
killen (Segel)	Flattern des Segels, wenn nicht *voll* Wind ist
Klampe	Beschlag aus Holz oder Metall zum Belegen von Leinen (hier des Fockfalls)
Korsar	nationale Zweimann-Jolle mit 11,5 m^2 Segelfläche (Klassenzeichen im Segel ist der Krummsäbel)
krängen (Boot)	kurzzeitliche Neigung eines Bootes

kreuzen	auf Zickzackkurs »am Wind» gegen die Windrichtung segeln
Lee	vom Wind abgewandte Seite (Windschattenseite)
Liek	die Ränder eines Segels
Luv	die dem Wind zugekehrte Seite (Windangriffseite)
Mast- & Schotbruch!	etwa gleichbedeutend mit »Hals- und Beinbruch!«
Palstek	nicht zuziehbarer Knoten zum Festmachen eines Tauendes an einem Pfahl o. ä.
Pinne	Hebelarm zum Bewegen des Ruders
Pirat	nationale Zweimann-Jugendjolle mit 10 m^2 Segelfläche (Klassenzeichen im Großsegel ist das Piratenbeil)
Plicht	der offene Sitzraum des Bootes, wie z. B. ein Cockpit; von dort werden Segel und Ruder bedient
Poller	Festmachvorrichtung für Leinen an Land in Form eines einfachen, senkrechten Pfahls
Raum	Zuruf »Raum!« bedeutet etwa »Platz da! Ich habe Wegerecht!«
raumer Wind	der Wind fällt von schräg hinten, ca. 45 °, in die Segel ein
Ree	Kommando zum Ankündigen eines Wendemanövers kurz vor dem Umlegen des Ruders
Ruder	Einrichtung am Heck zum Steuern des Schiffes durch das im Wasser befindliche Ruderblatt
Schot (Groß-/Fockschot)	am Segel befestigtes Tau, mit dem das Vorschot oder Segel so gestellt wird, wie es der Wind erfordert

Schwert	hochziehbare Platte im Kiel, die das Boot stabiler gegen Strömung und Kentern macht und das Abdriften verhindert und somit ein Kreuzen erst ermöglicht.
Steuerbord	rechte Seite des Bootes (in Fahrtrichtung)
Takelage	alle Aufbauten eines Bootes (Masten, Stage, Fallen usw. außer den Segeln)
Tampen	die Enden eines Taues
Törn	Ausfahrt mit einem Segelboot
Untiefe	flache Stelle in einem Gewässer
Verklicker	sich drehendes Fähnchen an der Mastspitze, das vom Wind bewegt wird und somit die Windrichtung anzeigt
Vorschoter	Person, die das Focksegel bedient (»Fockaffe»)
Vorstag (Stag)	Draht zum Abstützen des Mastes (s. a. »einschäkeln» und »Fockfall»)
Wegerecht	Vorfahrt
wenden	das Boot mit dem Bug durch den Wind drehen
Zugvogel	nationale Zweimann-Jolle, auch als Kielboot, mit 15 m^2 bzw. 17 m^2 Segelfläche. (Klassenzeichen im Segel ist der fliegende Vogel)